官商鬥法
之
6
風雲突變
姜遠方 著

目錄 CONTENTS

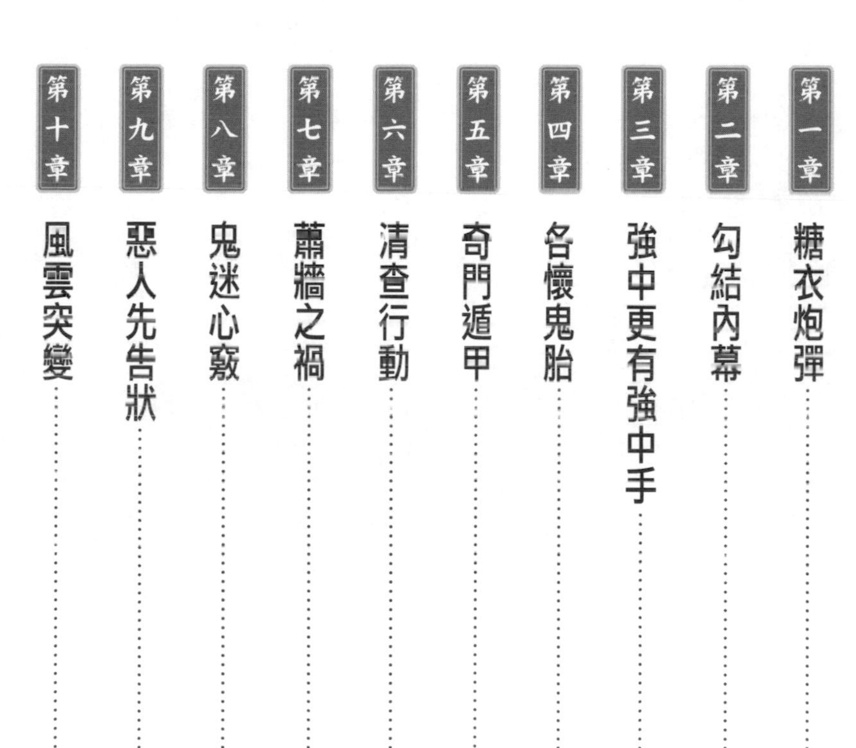

糖衣炮彈

辛傑聽高豐扣了電話，愣在那裏，他沒想到事情會發展成這個樣了，
原來高豐給他那麼些好處，都是糖衣炮彈，
現在糖衣被自己吃掉了，炮彈就露了出來，
炮彈如果要爆炸了，自己首先就會被炸得粉身碎骨的。

週末，在家裏的傅華打電話給趙凱，說有件事情想跟他單獨談一下。趙凱聽了說：「我現在正好在公司，你過來吧。」

「好。」

剛放下電話，傅華就接到了民航總局于副局長的電話，于副局長說民航總局已經下發文件，同意海川新機場被正式調整進國家新機場建設規劃中。讓傅華通知徐正。

傅華趕緊通知了徐正這個好消息。徐正對此十分滿意，特別對駐京辦這段時間的工作進行了表揚，不過要傅華再接再厲，做好下一階段協調部委的工作。

結束了跟徐正的通話，傅華匆忙趕去了通匯集團，正碰到趙凱送高豐出來。

傅華笑說：「高董來了。」

高豐點了點頭，說：「我要離開了，你們談吧。」

趙凱和高豐握了握手，說：「那我就不送了。」

高豐走後，傅華跟著趙凱進了辦公室。

傅華隨口問：「高豐來找您什麼事情啊？這麼急，週末還要來找您。」

趙凱說：「他說最近百合集團資金有些緊張，想從我這兒把他們的投資抽回一點去，被我拒絕了。」

「資金緊張，不會吧，我聽海川的朋友說，百合集團剛剛把收購海通客車的資金都匯了過去，這時候他又要幹什麼，弄得資金緊張起來了？」

趙凱笑笑說：「我也不清楚，反正這高豐想從我這抽走資金是不行的，那些資金是他們的投資，已經投入下去了，這個時候，除非他讓別人的資金購買他的股份，否則別想抽走一分錢。」

傅華笑說：「高豐現在大概後悔跟您的合作了吧？您對公司的掌控這麼嚴格，沒空子給他鑽的。」

趙凱笑笑說：「這他不能怨我，當初我可是有言在先的，我勸阻過他，不要把攤子鋪得太大，可是他不聽我的，現在資金緊張又來找我，那可不行。我可不能讓他把我的資金也弄得緊繃起來。」

「那他也只有自己的問題自己解決了。」

趙凱搖了搖頭，說：「管他呢。你找我什麼事情啊？什麼事不能在家裏說啊？」

傅華笑說：「小淼想讓我跟你談談，他說想去海川大廈工作。」

趙凱愣了一下，旋即說：「小淼爲什麼不自己跟我講？他是嫌我嚴厲了？」

傅華點點頭，說：「他有點怕您，所以特別拜託我跟您說。」

趙凱嘆了口氣，「現在的孩子啊，怎麼就一點苦都吃不了呢？」

「您自小就沒給他吃苦的環境，這時候再來要求他吃苦，有點晚了。」

「這是我的失策啊，我只想給他們姐弟倆一個好的環境，從小沒注重對他們經商興趣的培養，現在一個個的都想置身事外，似乎我這些年奮鬥就是爲了他們享受來的。」

傅華說：「我並沒有答應小淼，如果您想把他留在身邊，我會跟他談一下的。」

「傅華啊，你怎麼看這件事情？」

傅華說：「我覺得您嚴厲是爲了要培養小淼，留在您這兒對他是有好處的。」

趙凱搖搖頭說：「他在這裏也是吊兒郎當的，一點憂患意識都沒有，什麼事情吩咐他做他才去做，根本就沒主動性。」

傅華看看趙凱，問道：「那您打算怎麼做？」

趙凱回說：「他願意去你那兒，就讓他去吧，放在你手裏我也放心，讓他跟你好好學學也行。」

「您同意了？」

「他心不在焉的，我留他在這裏也沒用。還不如放他出去，讓他看看自己的本事。」

傅華同意說：「那也行，不過，小婷讓我跟您說一聲，她說您如果同意小淼去海川大廈，是不是就讓小淼取代她通匯集團代表的身分。」

趙凱笑說：「哼哼，這倒合她的意了，傅華，有時候我覺得我真是太過於保護他們姐弟倆了。好啦，你告訴小婷，她願意幹什麼就去幹什麼吧。」

「那我就這麼告訴她了。」傅華說。

趙凱向傅華擺了擺手，說：「好啦，我下面還有行程，你先回去吧，小淼那邊我會做出安排的。」

傅華就離開了趙凱的辦公室，回駐京辦去了。

高豐在通滙集團碰了一鼻子灰，回到百合集團的辦公室，坐在那裏暗罵趙凱狡猾，看來自己從趙凱這兒只能每年拿一點盈利分紅，想要把本金抽回來，幾乎是不可能的了。

可是眼下高豐很需要一筆資金完成一場新的收購，他想要收購一家洗衣機廠，構築他的洗衣機航艦，看來只好在海通客車那邊的資金上打打主意了。

想到海通客車，高豐心裏又把傅華罵了一頓，不是這個傅華，他也不需要把收購海通客車的資金全部滙過去，就是因爲傅華的一再提醒，海川市政府對百合集團資金到位情況一直很關注，逼著高豐不得不先把資金滙去，掩人耳目一下。

傅華和趙凱這翁婿倆是一樣的狡猾，很多時候，高豐都覺得這兩人似乎看透了他的一切想法，讓他不得不小心隱藏起心中所想，才能勉強在他們面前遮掩過去。

幸好他高豐也不是吃素的，在海通客車這個項目中，高豐早就布好了暗棋，有時候想想這步暗棋，高豐心中甚至不無得意，只要調動起這步暗棋，傅華對他的那些防範措施就完全起不了作用了。

高豐拿起電話，撥給了辛傑，他準備要動用這步暗棋了。

海川，一早辛傑就跟老婆說自己要到辦公室加班，老婆不滿地嘟囔說：「成天加班加班，連週末都不讓人好好過。」

辛傑陪笑著說：「沒辦法，現在廠子剛有些生機，我這個當廠長的，不得不打起十二分精神來。」

老婆說：「你這麼辛苦，別人也沒說你什麼好啊，廠裏面都說你跟那個高豐勾結在一起，根本不顧海通客車的利益。」

辛傑說：「你聽那些人瞎說，他們懂什麼，我們是和百合集團合資的，我不配合高豐，整個項目都進行不下去。這些人也是的，沒有百合集團的資金進來，他們的工資根本就漲不上來，現在錢拿了，又來說怪話，真是端起碗來吃肉，放下筷子罵娘。」

老婆知道兒子留學的費用是百合集團出的，對百合集團很有好感，也說：「這倒也是，這些人專門想自己，也不爲別人著想。好啦，你加你的班吧，不過，別累壞了身體。」

「知道了。」

哄住了老婆，辛傑就匆忙趕到了小紅的住處，開了門就直奔小紅的臥室。

小紅還沒起床，她被開門聲驚醒，看到辛傑進來，倦懶的說：「這麼早啊，這次又跟你老婆編什麼瞎話了？」

辛傑笑笑，他在海通客車是眾人矚目的廠長，海川很多人都認識他，所以他不敢明目張膽的跟小紅住在一起；而且，他跟老婆的關係還不錯，他很清楚自己跟小紅不過是露水姻緣，最終能陪他終老的，只有上了年紀的妻子。因此，他需要把小紅這一切瞞住妻子。

但是，小紅充滿青春氣息的身體對辛傑來說，是一個美好的享受，讓他一直難以割捨，於是他便開始經常藉口加班兩邊奔跑，維持著家中紅旗不倒，外面紅旗飄飄的局面。

辛傑笑笑說：「我跟我老婆說加班，我老婆還說要我別累壞了身體。」

小紅伸手撫摸了一下辛傑的臉，笑著說：「是啊，加這種班很容易累壞身體的，你真是要小心點。你老婆倒是真疼你。」

辛傑曖昧的捏了一下小紅的臉蛋，邪笑著說：「小紅，小寶貝，到你這裏，我感覺自己每次都年輕十歲。我倒想輕鬆點，可是輕鬆不下來。」

說著，辛傑掀開了小紅身上的被子，小紅玲瓏有致的身軀盡現眼底，辛傑頓時感覺渾身熱血沸騰，忍不住撲上去，不停地親吻起來。

小紅叫了起來：「喂喂，你身上的衣服很涼，你要害我感冒啊？趕緊脫掉。」說著，幫辛傑脫掉衣服，然後掀開被子，說：「進來吧。」

辛傑鑽進了被窩，兩手開始在小紅滑膩的胴體上游走，小紅的眼神逐漸迷離，喘息之聲開始粗重起來，令辛傑也興奮了起來，說：「小紅，我也碰過不少女人，只有你才是我最喜歡的，我只要一碰到你這凝脂般的肌膚，就完全失去了思考的能力。」

小紅笑笑說：「你這話不知道跟多少女人說過吧？」

「真的，我不騙你的。」

「雖然我知道你這是說好聽的，但是我還是喜歡聽。」小紅說著，便吻住了辛傑的嘴唇，辛傑越發興奮起來，緊緊抱住小紅，深深地吻著她，褪去了小紅的內衣，就想更深入進去。

這時，衣服兜裏的手機響了起來，辛傑不想停下來，繼續動作著，可是手機頑強的響著，讓他的情緒大受影響，動作就有些不連貫起來。

小紅呵呵笑了起來，將辛傑從身上推開，說：「你還是把電話接了吧，我又不跑。」

辛傑只好跳下床去，拿起手機又鑽回了被窩，一看，是高豐的號碼，就跟小紅說：「是高董找我，不要出聲啊。」

小紅點了點頭，辛傑接通了電話，笑說：「高董啊，大週末的找我幹什麼？」

高豐不滿的說：「你剛才在磨蹭什麼，這麼久才接電話？」

辛傑解釋說：「手機放書房裏了，好半天才聽到手機鈴聲。有什麼事情嗎？」

「你現在說話方便嗎？」

「我在家裏，說話方便。」

高豐說：「是這樣，我們集團現在資金有些緊張，你能不能幫我從海通客車調一筆資金過來？」

辛傑以爲高豐只是想短暫挪用一筆資金，便沒當回事的說：「你想用多少？」

「我們集團這次要收購一家洗衣機廠，還有一億的缺口，你先從百合集團匯過去的資金中幫我挪個一億出來用幾天，好不好？」

辛傑愣住了，一億，這麼大的數字，他可不敢隨便動用。

辛傑乾笑了一下，說：「高董，這個數字也太大了，這個忙我可不敢幫。」

高豐愣了一下，他千算萬算，就是沒算到辛傑的膽量會這麼小，竟然想臨陣退縮。

高豐不死心，說：「老辛，我就用幾天，用完了就還回去，沒事的。」

辛傑害怕地說：「高董啊，如果數字小，我能做得了主，我可以幫你；可是這數字太大，要驚動的層面很多，我真的不敢做。」

高豐心裏暗罵：你這傢伙拿我的好處的時候可沒說不敢，到了這時候卻跟我說不敢了，便冷笑了一聲，說道：

「老辛，你這樣做可是令我很寒心啊，你要知道，你兒子留學和那個小紅可是花了我不少的錢，你在這個時候跟我說不幫忙，是不是太過於無情了？」

辛傑立刻說：「高董，我不是不想幫你，可是你這件事情太大，我如果幫了你，怕要把自己搭進去。你也不想我出事是吧？」

高豐安撫辛傑說：「沒事的，你就幫我挪幾天，到時候我再還回去，神不知鬼不覺的，誰也不會知道的。」

「高董啊，你這不是說笑嗎？這麼大的數字，怎麼能做到神不知鬼不覺啊？你騙不了我的。」辛傑仍不放心地說。

高豐急說：「老辛，你怎麼就不相信我呢？我會害你嗎？」

「不行，你說不會害我，可事實擺在那裏，我如果做了，沒辦法跟海通客車方面交代的，你說什麼我都不會做的。」辛傑再次拒絕了高豐的請求。

沒想到辛傑會這麼決絕的拒絕他，高豐被氣得反而笑了起來，他說：

「老辛啊，我不知道你是怎麼想的，怎麼，到這個時候，你又要說自己站在海通客車這邊嗎？你想表示什麼？你是海通客車利益的堅定維護者？你不覺得有點晚嗎？」

辛傑嚴肅地說：「我不是說要堅定的維護海通客車的利益，但是你這是在讓我犯罪，我不能做犯罪的事情。」

高豐笑得越發大聲起來：「呵呵，你不能做犯罪的行爲，那你接受我的資助讓兒子去留學算什麼？我出錢讓你包下小紅算什麼？你可不要告訴我，你做這些都是合理合法的。」

辛傑被說中了心病，聲音低了下來，說道：「可這些別人不容易發現，你要求我做的事太明顯了，我不敢啊。」

高豐威脅說：「真的不容易被發現嗎？如果我想讓人發現，你覺得還不容易被人發現嗎？」

辛傑愣了一下，高豐這是在威脅要揭發他了，他哀求道：「高董，你這麼說就不夠意思了吧？那些是因爲我幫了你的忙你才做的，我想你不應該再拿他們說事了。」

高豐冷笑一聲，說：「你覺得你提供給我的情報，真的值得我給你那麼大的好處？你是不是也太高看自己了？」

辛傑心裏也有感覺高豐對自己好得有些過分了，可是他接受好處的時候，心中的貪婪戰勝了理智，以爲高豐這人是因爲仗義，才會給自己那麼大的好處的，這樣想，他就有一種不要白不要的念頭。沒想到高豐算計的這麼長遠，看來他一開始就想到要自己幫他挪用資金這件事情了。

可怕啊，這些商人精明到了極點，也壞到了極點。

辛傑心中十分恐懼，高豐究竟打算要做什麼，挪用一億資金怕只是一個開始，而不是最後。想到這裏，辛傑越發不敢答應了。

辛傑只好說：「高董，如果你覺得我還欠你什麼，我可以在別的地方慢慢還，可是你要求的這件事情，我真的沒辦法。」

高豐見辛傑仍是這麼堅持，惱火了，叫道：「辛傑，你就不怕我把你揭發出來嗎？」

辛傑也橫下心來，說：「我如果幫你做了這件事情，就跟被揭發出來一樣，反正都是死，我不做，罪過還小一些。」

高豐氣不打一處來，叫道：「辛傑，你等著吧。」說完，一把扣了電話。

辛傑聽高豐扣了電話，愣在那裏，他沒想到事情會發展成這個樣子，原來高豐給他那麼些好處，都是糖衣炮彈，現在糖衣被自己吃掉了，炮彈就露了出來，炮彈如果要爆炸了，自己首先就會被炸得粉身碎骨。

小紅看辛傑拿著電話，一動不動的坐在那裏，媚笑著靠了過來，說：「你怎麼了？跟高董鬧得不愉快嗎？」

辛傑被喚醒了過來，看了看眼前這嬌媚的女人，這也是糖衣炮彈的一部分，而且也是最讓他難以割捨的一部分。辛傑心說：老子就是讓這些東西迷了眼睛了，高豐看來是不肯善罷甘休的，這個女人很快老子就無法享受了。

想到這裏，辛傑一把將小紅推倒在床上，隨即撲了上去，帶著一種最後的瘋狂意味佔有了她。

小紅承受不了辛傑的粗魯動作，叫道：「你弄疼我了。」便想要推開辛傑，可是辛傑死死的壓住了她，絲毫不肯放鬆。

過了一會兒，辛傑忽然癱軟了下來，即將失去一切的恐懼抽走了他全身氣力，他趴在小紅身上嚎啕大哭起來。

小紅不知所措的看著辛傑，想要安慰他，卻不知道從何說起，只能看著他哭下去。好半天，辛傑止住了哭聲，爬了起來，他再也沒心情待在這裏了，穿好衣服，什麼也沒說就離開了。

北京這邊，辦公室裏，高豐暴跳如雷，大罵辛傑是小人，是養不熟的白眼狼。

罵過之後，高豐冷靜了下來。他知道光罵是不管用的，事情還是需要解決。現在要考慮如何逼著辛傑做這件事情了，幸好他還留有後招，還能對付得了辛傑。

辛傑以爲他可以選擇不做，這他可就大錯特錯了，從他接受了高豐給他的好處那一天起，他就沒有了選擇不做的權利。

你不做是嗎？我倒要看看到最後，你到底做不做。

週一，傅華一上班就接到了崔波的電話，傅華以爲崔波還想爲董昇和徐筠和好的事情找自己，心說這崔波真夠囉嗦的，已經拒絕過他了，怎麼還要找來？便有些煩了。可是崔波這邊也不好得罪，這些人說不定將來會用到，只好接通了電話，說：

「崔司長，我老婆說，老董已經打電話給徐筠，讓她滾蛋，徐筠也已經把東西都搬出去了，到了這種程度，似乎誰也不好再勸說了吧？」

崔波笑說：「老董的事情他愛怎麼辦就怎麼辦吧，那個我不管了。我找你是有別的事情，晚上有時間嗎？」

傅華說道：「目前還沒有什麼安排，崔司長要做什麼？」

崔波笑笑說：「晚上我請客，給你介紹一位非常重要的朋友，不知道老弟肯賞光嗎？」

傅華知道崔波這樣的人物還是儘量不要開罪，便說：「你崔司長請客我怎麼敢不去啊，說吧，去什麼地方？」

「去北京飯店吃譚家菜吧。」

傅華笑說：「那讓崔司長太破費了吧，我們隨便吃點就好了。」

崔波笑著說：「也破費不了多少，早點到啊。」

傅華便說：「那我六點到。誒，究竟什麼事情啊？」

崔波說：「也沒什麼事情，就一個朋友，想認識你一下。」

傅華笑說：「我一個小小的駐京辦主任，無權無勢的，認識我有什麼用啊？」

崔波說道：「多個朋友多條路，認識一下也不少你什麼。」

傅華笑笑說：「好吧，我會準時到的。」

晚上六點，傅華準時到了北京飯店，崔波已經等在門口了，傅華見了，連忙快步走上前去，笑著說：「怎麼敢讓崔司長等我呢。」

崔波笑笑說：「是我來的早了一點。」

兩人握了握手後，傅華問道：「崔司長，究竟是何方神聖啊？」

崔波笑笑說道：「見了就會知道的。」

兩人就往裏面走，傅華邊走邊問：「老董的傷情怎麼樣了？」

傅華問起董昇，倒不是他關心董昇，而是董昇那天被打，趙婷也有參與，派出所因爲董昇未治療終結，這個案子還一直掛在那裏呢。

崔波笑笑說：「什麼傷情啊，不過是被打了幾下而已，已經出院了。」

「原來已經出院了啊，那什麼時間要打個電話給他了，他受傷我老婆也有份，早點商量一下把案子結了。」

崔波莞爾一笑說：「我當什麼事呢，那點小錢，我想老董也不會看在眼裏，回頭我跟他說一聲，讓他去派出所把案子撤了。不過你老婆下手夠狠的，老董說數你老婆打得最重。」

傅華笑說：「我老婆性子急，見到老董這種情況又特別氣憤，下手就重了一點。如果老董介意，你跟他說一聲，我替我老婆跟她道歉。至於錢嗎，還是該賠多少賠多少好。」

崔波點點頭說：「女人見到這種情況都會義憤填膺的，你老婆打老董，老董那也是活該，不用管他。」

說話間，就到了樓上的譚家菜餐廳，崔波領著傅華進了包廂，包廂裏已經坐了三個人在那裏。其中一個四十歲左右，中等個子，略有點瓜子臉型的男人，穿著一身休閒夾克，神態之間自有一種雍容氣度在。

男人的穿著打扮看不出有什麼特別，甚至可以說很普通，可是坐在那兩人身邊，就顯得特別出眾。

這倒不是說那兩人很普通，其實那兩人衣著舉止也是很出色的人物，只是跟這個男人一比就相形見絀了，任何人一進屋就會被這男人很自然地把目光給吸引過去。傅華心裏暗自驚詫，心說：這就是所謂的領袖氣質吧。

見到傅華進來，三人站了起來，崔司長立即介紹說：「這位是振東集團的蘇南蘇董。」

傅華心裏暗自吃驚，這位蘇南來歷可不簡單，他的父輩參加過早期的戰爭，是一位很資深的革命家，現在早已退休頤養天年，不問世事。而他的振東集團則是一個規模很大的企業集團，不過蘇南這個人做事十分低調，所以振東集團在國內的名氣倒不是很大。傅華也是偶然跟趙凱聊天，才知道振東集團的。

當時趙凱評論自己的通匯集團，說別看通匯集團在國內名氣不小，其實真正論實力來說，通匯集團根本算不上什麼。真正有錢的集團公司，很多都是默默無名的，只在業內才有很大的名氣。

當時趙凱舉了一個例子，就是振東集團。也談到了這個振東集團的蘇南。說蘇南的集團才是真正有錢的公司，不像百合集團的高豐那樣，表面上似乎很有錢，其實是個空架子，真正論起家底來，根本不值一提。

趙凱當時的結論是，一個真正有實力的企業，往往是做事低調的，而那些刻意高調出現在公眾視野的企業，往往是有著這樣或那樣不可告人的目的。

今天蘇南突然出現在自己面前，讓傅華不禁好奇地多看了幾眼。

傅華跟蘇南握了握手，笑說：「幸會，幸會。」

蘇南也熱情地笑笑說：「幸會，我跟你的泰山趙凱董事長認識，趙董做生意眼光向來精準，想不到選女婿也是一樣。」

傅華笑說：「蘇董誇獎了，我岳父跟我提起過蘇董，我也是從他那裏知道振東集團的。」

崔波又介紹了蘇南身旁的兩個男人，一個人是蘇南的副手，三十出頭的樣子，叫陳驍；另一個是北京朝陽區的工商局副局長，四十歲左右，叫張淮。顯見這陳驍是陪著蘇南來的，而張淮可能是拉來湊局的。

傅華和兩人各道了一聲幸會便落座，陳驍就吩咐服務小姐上菜，傅華便知道這頓飯真正做東道的人是蘇南。

開了茅臺，小姐倒滿酒之後，蘇南端起了杯子，笑著說：「今天有幸能夠結識傅華老弟，我很高興，來，讓我們爲了友誼乾一杯。」

傅華和眾人一一碰了杯，蘇南帶頭把杯中酒乾掉了。

小姐給大家再次倒滿，蘇南拿起筷子，示意傅華說：「來，吃點。」

傅華點點頭，跟著蘇南夾了一口菜吃掉，然後笑著說：「蘇董，你能告訴我，今晚爲什麼要我來嗎？」

蘇南笑笑說：「沒什麼，就大家認識一下不行嗎？」

傅華笑說：「蘇董，我想這個悶葫蘆還是打開的好，你就開誠佈公說明一下用意，也好讓我這頓飯可以吃得放心些。」

蘇南笑著說：「傅老弟真是直率，好吧，我也不隱瞞了，我聽說民航總局已經將你們海川的新機場調整進國家的機場建設規劃中了？」

傅華想起來，前段時間有一次在打高爾夫的時候，崔波似乎提到過這件事情，當時崔波說有個朋友想要認識一下徐正，那時因爲這件事還一點眉目都沒有，就被傅華推辭掉了。

傅華說：「蘇董消息真是靈通，我昨天才得到了通知，確實是這樣。怎麼，蘇董對這個項目感興趣？」

蘇南點點頭說：「當然感興趣，我們集團旗下有一家機場建設公司，擁有甲級的建設執照，能夠承建你們的新機場建設。」

傅華笑說：「蘇董，這件事情您找我可就找錯人了，我不過是個小小的駐京辦主任，在這個項目中沒有任何的決定權。」

蘇南笑了起來，說道：「呵呵，我不會馬上讓你把工程交給我們集團來做的。我跟你說，幾十億這麼大的項目，肯定是要走招標程序，到時候，就是你們的市長徐正說不定也無法決定由哪家公司來做。」

傅華不解地看了看蘇南，問道：「那我就不明白了，蘇董既然了解程序，就應該知道我是幫不上忙的，爲什麼還要來找我呢？」

蘇南笑說：「誰說你幫不上忙？眼下你對我們來說，可是最有用的人啦。」

傅華納悶地說：「我還是不明白。」

蘇南說：「眼下還有誰會比你更清楚知道你們海川市新機場在各部委的審批進度呢？沒有吧？」

傅華笑了，說：「這倒也是。」

「其實我們的機場建設公司，各方面的實力都是很充足的，如果大家公平競爭，我不會輸給國內任何一家同行的企業，可是很多時候，競爭不一定是公平的。」

傅華笑笑說：「蘇董要我私下幫忙，這也不是什麼公平競爭的手段吧？」

陳驍向來很尊重蘇南，覺得傅華這麼說有些冒犯蘇南了，便說道：「傅主任，你怎麼敢跟我們蘇董這麼說話。」

傅華心說他是你的上司，可不是我的上司，你怕他，並不代表我也怕他，就笑笑說：「怎麼了，我說的不對嗎？」

陳驍見傅華仍是一副不在乎的樣子，有些惱火，剛要衝著傅華發作，卻被蘇南瞪了一眼，他向來畏懼蘇南，就低下了頭，不說話了。

蘇南笑笑說：「傅老弟，你說的不是沒有道理。」

傅華笑著看了陳驍一眼，說道：「雖然不無道理，可是這位陳先生似乎對我很不滿意啊。」

陳驍急了，漲紅了臉說：「你……」

陳驍想要發作，可是他再次碰到了蘇南有些嚴厲的眼神，不得不再次把火氣壓了下去。

蘇南對傅華說：「傅老弟，你不是非要跟陳驍賭氣吧？」

傅華笑道：「也沒有，我不過是跟陳先生開個玩笑而已。好啦，蘇董，我今天既然來了，你就開誠佈公，跟我說你想要我做什麼，如果不違反紀律，大家相識一場，也算是朋友了，我可以幫你；如果有什麼不合法的地方，我可能就愛莫能助了。」

蘇南點了點頭，說道：「行，那我就直說了。我想讓老弟幫我的有兩件事，一是我想掌握整個新機場審批的進度，這樣我好做相應的因應措施，如果審批有什麼進展了，我希望老弟能跟我說一聲。」

傅華笑笑說：「這個沒問題，這裏面也沒有什麼機密，都是些公開訊息。」

蘇南說：「雖然是公開訊息，可是早一步知道就可以早做準備。再是，我希望適當的時機，你幫我引薦一下，我想跟你們的市長認識認識。」

傅華說：「這個上次崔司長好像跟我提過，我可以幫你跟我們市長提一下，但是見不見你，可得由他決定。」

蘇南笑著點了點頭，說：「那我就先謝謝你了，來，我們再乾一杯。」

傅華笑著說：「舉手之勞，蘇董就不要這麼客氣了。」說完便和蘇南碰了碰杯子，兩人一口喝乾了。

主題談完，席面上的氣氛就鬆懈了下來，蘇南和傅華等人談笑風生，氣氛十分融洽，只有陳驍因爲敬畏蘇南，不敢稍作放鬆，舉手投足之間還是有些拘束。

勾結內幕

辛傑在忐忑不安中等了幾天，似乎高豐已經忘了辛傑拒絕他的事，
辛傑覺得高豐應該是拿自己沒辦法這個因素居多，
高豐如果揭開跟自己勾結的內幕，
第一個危及的並不是自己，而是百合集團。

酒宴結束，賓主都喝得剛好適度。蘇南可能是自重身分，並沒有提出要去唱歌或者去夜總會續攤的建議，眾人就此散了。

蘇南和陳驍親自到門口送傅華，傅華上了車，蘇南跟他握手，說：「傅老弟，隨時保持聯繫。」

傅華笑笑說：「有什麼消息我一定會通知蘇董的，那就再見吧。」

這時，陳驍遞過來一個紙袋，笑著說：「這個傅主任收下吧，蘇董的一點意思。」

傅華愣了一下，蘇南出手肯定不會小氣，這個禮物的分量可想而知。可是他慣常是不接受這種東西的，接受了他再幫忙蘇南，就有些出於自身利益的考量，而且也會不好再拒絕蘇南進一步的要求，那樣就會進退失據。

傅華並沒有伸手去接，而是看著蘇南，笑著說：「朋友相交，貴在知心，我想蘇董不會這麼俗氣吧？」

蘇南笑了，說：「老弟啊，是我把人做小了，陳驍，把東西收起來。」

傅華笑笑說：「那蘇董，就後會有期了。」

蘇南也說了聲：「後會有期。」

陳驍看著傅華離開之後，對蘇南說：「這個傅華是不是有些狂妄啊？」

蘇南說：「你不要因爲他說了你幾句，就覺得他狂妄。我跟你說過多少次了，你不要覺得我和振東集團好像有多麼了不起，傅華今天說的如果不是我，你會不會也覺得冒犯呢？」

陳驍說：「那當然不會，可是對蘇董您，他應該有起碼的尊重。」

蘇南笑了，說：「那又怎麼樣？你想讓他敬畏什麼？我父親的背景，還是振東集團的財富？你覺得傅華會敬畏這些嗎？」

陳驍說：「那起碼您跟他岳父是朋友，衝著這一點，他也該尊重一些。」

蘇南笑笑說：「這個人不同，一般人聽到我的背景，本能的就有一種敬畏，這是對財富對權勢的一種敬畏，是人們一種慣常的心理。傅華心中其實對這些多少也是有些敬畏的，可是他反感這種敬畏的情緒，他說你的那幾句話，就是他這種矛盾心理的反應，他是想找一個跟我平等的心理位置。」

陳驍笑說：「原來是這樣啊。看來這傅華不過是裝出來的，也沒什麼啊。」

蘇南搖了搖頭，說：「你不要小看了他，這個人身上幾乎沒什麼弱點，財富權勢對他的影響又是微乎其微，這種人是很可怕的，因為除非他願意，否則他是不可能為你所用的。」

陳驍不以為意說：「他現在還不是為蘇董您所用了嗎？」

蘇南說：「我實際上並不能控制他什麼，幫不幫我，這要看他自己的意願了。陳驍，以後對這個人要多尊重些，這種人壓是壓不服的，也不好收買，反而，你多給他一點尊重，說不定他會心甘情願爲你所用呢。古人不是說嗎，士爲知己者死，說的就是這種人。」

陳驍立刻說：「還是蘇董高明，以後見了這小子，我會多給他一點高帽子戴的。」

蘇南笑笑，這時，他的司機把車開了過來，陳驍幫他開了車門，兩人便坐車離開了。

第二天晚上，趙凱叫傅華回家裏吃飯，趙淼也在家裏，看到傅華，立刻高興地說：「姐夫，爸爸同意我去海川大廈了，謝謝你幫我跟他說這件事情。」

傅華笑笑說：「我想爸爸可能心裏並不情願呢。」

趙凱這時從書房裏出來，聽到傅華這麼說，便說：「對啊，我是很不情願，唉，不過也沒辦法，小淼和小婷都長大了，我也不好再把自己的意志加到他們身上了。」

趙婷趕緊撒嬌說：「我們再大也是爸爸的兒女，我們會一直聽爸爸的話的。」

趙凱笑了，說道：「是嗎？你會真的聽我的話嗎？那你回來公司幫我做事吧？」

趙婷嘿嘿笑了兩聲：「嗯，做事就算了。」

趙凱笑罵：「就會說好聽的。」

保姆把飯菜擺好了，一家人就坐下來吃飯。

坐定之後，趙凱說：「傅華，我跟章旻說過小淼的事情了，他同意讓小淼接替小婷的位置，明天就讓他過去海川大廈吧。」

傅華點點頭說：「好的，我明天會跟章鳳談談這件事情的。」

趙凱又對趙淼說：「小淼，你去海川大廈代表的是我們通匯集團，你又是我的兒子，那裏上下人都會看著你的。我不在你身邊，什麼事情你都要自己拿主意，如果拿不定主意就問你姐夫，不要給我丟臉，知道嗎？」

趙淼說：「好啦，爸爸，我會跟著姐夫好好幹的。」

傅華拍了拍趙淼的肩膀，說道：「小淼，我相信你可以做好的。」

趙淼點點頭，沒再說什麼。

趙凱有些傷感，說：「現在這些孩子啊，怎麼就是不喜歡跟父輩一起工作呢？」

傅華笑說：「可能在您身邊，趙淼的壓力很大吧，等他再成熟一些就好了。」

趙凱搖了搖頭，沒再說話。大家都低著頭吃飯，氣氛不禁有些沉悶。

傅華只好沒話找話的說道：「爸爸，你猜我昨天見到誰了？」

「誰啊？」

「我見到振東集團的蘇南了。」

趙凱詫異地說：「蘇南，他找你幹什麼？」

傅華就說了昨晚蘇南請客的情形，趙凱說道：「看來蘇南也坐不住了。」

傅華問：「爸爸爲什麼這麼說？」

「按照以前的振東集團，蘇南根本就不需要爲這種事情親自出馬，他只要表現出想做的意思，這個項目可能就會落到他的手中。但是現在的情勢有些不同了，他的父親退出政壇很久了，影響力已經日漸式微，蘇南和他的振東集團也就有些大不如前，而別的實力雄厚的公司對這麼大的項目絕對不可能袖手旁觀。這將會是一個群雄逐鹿的局面。蘇南想結識你，也是在預做伏筆，以便他在這個項目中搶得先機。他除了請你吃飯，還對你做過別的事情嗎？」

傅華笑笑說：「他還想送我禮物，我沒收。」

趙凱點了點頭，說：「他送你的東西可不能收，收了你就被動了。我想將來加入這個項目爭奪陣營的公司，必定都是一些實力雄厚的公司，到時候爲了爭取得標，這些公司可能會無所不用其極，你如果收了蘇南的東西，一來會讓你受制於他，二來，也很可能成爲別的公司爲了爭取項目而發動進攻的靶子。」

傅華說：「我也是這麼想的，所以就跟蘇南說，不用弄得這麼俗氣。蘇南還不錯，沒有強人所難。」

趙凱笑笑說：「蘇南這個人我多少瞭解一點，他身上有那麼一種貴族的氣質，不同於一般常人。」

傅華說：「我也感覺到了，他看上去就是那種核心人物，很有領袖風範。」

「他這個人是很有頭腦的，很有謀略，不過好的一點是，他做事行的是王道，而不是霸道，不會強逼你做什麼。這是一個很好的優點，也是他致命的缺點。在他父親還有很大影響力的時候，很多人會欣賞這一點，也會因爲他父親的緣故，跟他的振東集團合作。現在，他父親的影響力已經淡去，社會上行事霸道的公司比比皆是，他這個優點就成了致命的缺點了。」

傅華困惑地道：「我不太明白爸爸的意思，大家不是都喜歡以誠待人，不強人所難的謙謙君子嗎？」

趙淼也說：「對啊，爸爸，我看很多商業刊物，上面說很多成功人士都是以誠意打動他人，才獲得成功的。」

趙凱笑了，說道：「小淼啊，你不要把那些報刊雜誌上寫的東西當成真的，很多時候那都是一種宣傳，知道嗎？那些雜誌刊物上的成功故事，大多是那些人成功後，經過粉飾包裝之後才講出來的，你總不能讓他自己說自己多麼壞吧？」

趙淼笑笑說：「那自然是不會的。」

「古往今來都是以仁義道德作爲旗號，實際上行的都是權謀之道，在現今這個利益爲上的社會更是如此。故事裏講自己怎麼仁義道德才獲得成功，實際上，他成功的關鍵部分往往是不能講的，也是見不得人的。爲什麼那些孫子兵法、三十六計以及三國演義謀略類的書籍會大行其道啊？就是人們都想在其中找出能爲己所用的謀略。」

傅華認同地說：「這倒是，中國人有一個很奇怪的傳統，喜歡把一些本來虛假的人和事誇大成神或者神話，再把這神話作爲某些道理的例證，真是有些滑稽。」

趙凱說：「現在整個社會都是這種風氣，都想從別人那裏佔便宜，像蘇南這種王道作風很難行得通了。」

傅華說：「其實我倒更喜歡蘇南這種作風，社會上多一點這樣的商人，這世界也會和諧得多。」

「我也很喜歡他那種風格，在不違規的前提下，你就盡可能多幫他一點吧。」趙凱說。

第二天，傅華把趙淼帶去了海川大廈，帶他見了章鳳。

章鳳已經從章旻那裏得到了消息，便跟趙淼握了握手，說：「我聽你姐姐說過你，歡迎你加入海川大廈。」

趙淼上下打量了一下章鳳，他對這個比自己大不了多少，卻可以領導整個海川大廈的女人很好奇。

章鳳見趙淼上下打量自己，便笑說：「怎麼，看什麼？不願意接受女人的領導？」

趙淼笑了，說：「那裏，我也聽我姐說起過你，她說你很能幹，很高興有機會跟你學習。」

傅華聽趙淼這麼說，倒是愣了一下，看來這傢伙也不是一點不上進，怕是趙凱對他管教的真太嚴厲了，讓他有了反叛心理，他在章鳳面前表現的不是很好嗎？

章鳳開玩笑說：「你姐是笑話我作風這麼強悍，沒人敢娶吧？」

趙淼立即說：「沒有，其實章鳳姐你很出色啊，沒人娶你，是因爲沒遇到合適的人吧？」

章鳳臉板了起來，說：「好啦，別說好聽的逗我開心了，事先聲明，來海川大廈，什麼事情都要遵守規定，如果違反了有關規定，是一定會受處罰的。這裏可不比你父親的通匯集團，你明白嗎？」

趙淼吐了吐舌頭，說：「章鳳姐，你不會比我父親還嚴厲吧？」

章鳳臉板不下去了，笑了笑說：「不會的，只要你遵守規定就好了。再是在公開場合，你要叫我章總經理，不要再叫我章鳳姐了，知道嗎？」

趙淼立即說道：「好的。」

於是章鳳把辦公室主任叫了進來，讓他領著趙淼去看辦公室。

趙淼跟著辦公室主任走了，傅華看看章鳳，笑著問：「我這小舅子怎麼樣？」

「挺可愛的。」

傅華便交代章鳳說：「既然你說挺可愛的，那就交給你了。他跟趙婷不同，趙婷可以讓她閒著就閒著，他一定要有事情做。」

趙淼總有一天是會回通匯集團接班的，傅華不希望他待在海川大廈什麼事情都不做，荒廢在這裏。當初傅華答應他，幫忙說服趙凱讓他到海川大廈工作，並不是幫趙淼逃避，而是感覺到趙淼和趙婷都不願意待在趙凱身邊，肯定趙凱跟兄妹之間的溝通方式有問題，他幫趙淼，是想給趙淼換一種培養能力的方式。

順達酒店管理有限公司也是一家很成功的企業，管理方式有其獨到之處，章鳳和章旻兄妹年紀都很輕，他們的想法都是年輕人的思路，趙淼跟他們的年紀相仿，很容易就能接受這種思路，讓他在這裏學習管理，也是不錯的一種選擇。

章鳳笑道：「原來你把他塞到海川大廈來，是想讓我管教他啊？」

「他可是自己要來的，再說人家叫你章鳳姐，又說你很出色，你不覺得對他也是有責任的嗎？」

章鳳笑笑說：「去你的吧，倒好像是我欺負了他。」

傅華說：「好啦，說正經的，我想給趙淼掛個副總的頭銜，不管事情大小，讓他分管一些，他不懂的話，你們順達酒店先找一個老人帶帶他，你看行嗎？」

「這個我沒意見，本來趙婷在的時候，我就有這個意思，偏偏趙婷不願意做事，我也不好強迫她，只好作罷。」

兩人商量好趙淼的分工內容，傅華便說：「那我去看一下趙淼，估計這會兒他的辦公室已經收拾好了。」

到了趙淼的辦公室，趙淼正在擺放他帶來的私人物品，傅華笑著問道：「怎麼樣，對你的辦公室還滿意嗎？」

趙淼回說：「還可以吧。」

「今後這裏就是你工作的地方了。你覺得章鳳這個人怎麼樣？」

趙淼笑笑說：「挺好的，章鳳姐挺好相處的。」

傅華介紹說：「酒店這部分是順達公司在管理，以後你就歸章鳳領導了。我想大家年紀都相仿，相處起來也會很容易的。」

趙淼點了點頭，說：「行，我沒意見。」

傅華又說：「我和章鳳商量了一下，認爲給你掛一個副總經理的頭銜比較合適，你也別閒著，也要參與酒店的管理工作，具體的分工等章鳳跟你談，有什麼不懂的可以問章鳳。」

趙淼笑說：「好哇，有什麼事我會請教章鳳姐的。」

傅華開玩笑說：「我怎麼覺得你對離開通匯集團到海川大廈來顯得十分高興啊？這裏真的比通匯好嗎？」

趙淼回答：「這裏比起通匯集團來，條件是差了一點，不過，姐夫，你沒在那種環境待過，你體會不到我的心情，爸爸對我很嚴厲，下面的員工對我倒是很尊重，但是那種尊重帶著巴結的意味，只是因爲我父親是通匯集團的老闆的緣故。你在那裏還不能犯錯，一犯錯，爸爸會嚴厲的批評不說，別的員工就會用異樣的眼神看你，似乎我襯不上趙凱兒子這個身分。」

傅華笑說：「小淼，你是不是想太多了？」

趙淼反問：「你能不想嗎？」

傅華點點頭，說：「這倒也是，你這個通匯集團太子的身分會給你帶來很多負擔的。好啦，來這裏你就自由多了，你的事情我是不會干涉的，多跟章鳳好好配合吧。」

趙淼點了點頭，說：「行了，我會好好配合的。」

「七碗茶」茶藝館中，徐筠坐在雅座裏喝茶。房間的牆壁上掛著一幅字，是茶仙盧仝的七碗茶詩：「一碗喉吻潤，二碗破孤悶。三碗搜枯腸，惟有文字五千卷。四碗發輕汗，平生不平事，盡向毛孔散。五碗肌骨清。六碗通仙靈。七碗吃不得也，唯覺兩腋習習清風生。」

這大概也是這家茶藝館取名「七碗茶」的緣故吧。

徐筠已經等了一段時間了，她有些焦躁的看了看手錶，超出預定的時間已經半個小時了，她拿出手機撥通後，對方馬上就抱歉的說：

「不好意思，不好意思，徐小姐，我在路上，馬上就到。」

徐筠不耐煩地說：「半個多小時前你就說馬上到了，怎麼還在路上啊？」

那人解釋道：「北京這破路，堵得厲害，徐小姐你又不是不知道。」

「好啦，你快點吧。」

又過去了十幾分鐘，一個戴著墨鏡的男子進了徐筠的雅座，道歉說：「讓你久等了。」

徐筠說：「來了就好，坐吧。」

男子坐了下來，徐筠給他倒了一杯茶，然後說：「你幫我調查的怎麼樣了？」

男子拍拍胸口說：「我小黃出馬，向來不空手而回。這一次可以說成果豐碩，你讓我查的這個男人還真是厲害，風流倜儻啊，你可能都猜不到，這段時間他都跟多少個女子勾搭。」

原來自稱小黃的這個男子，是徐筠請來的私家偵探，她讓小黃幫她調查董昇的私生活。聽到小黃帶著羨慕的口氣說董昇，徐筠的臉色立時變得鐵青，看來董昇交往的女人還真是不少。

「別廢話了，把調查到的資料給我看一下。」

小黃立即拿出厚厚的一疊照片，遞給徐筠，笑說：「這是這段時間與董昇幽會的女人，你看看。」

徐筠把照片接了過來，都是一些董昇和別的女人的合影，有兩人一起吃飯的，有兩人接吻的，還有兩人親密擁抱的，徐筠簡單數了一下，前前後後竟然有十三個不同的女人跟董昇幽會，被小黃拍進了畫面，董昇這個王八蛋！這段時間還真是忙碌啊。

小黃說：「我把女人叫什麼名字，什麼時間、在什麼地點跟董昇開房的細節都寫在照片後面了，你可以看一看。」

徐筠翻看了一下照片背面，小黃的工作做得十分仔細，一一都標注的很清楚。

徐筠將照片裝進了皮包裏，拿出錢包，數了一些錢遞給小黃，說：「這是尾款，謝謝了。」

小黃笑著把錢接了過去，說：「很高興為你提供服務，我的電話你那兒有，有什麼需要再找我啊。」

辛傑在忐忑不安中等了幾天，預想中的高豐的報復並沒有出現，海通客車的營運一切照舊，百合集團派在海通客車的工作人員對他依舊還是那麼尊重，似乎高豐已經忘了辛傑拒絕他的事，又或者高豐也拿他沒什麼辦法了。

辛傑覺得高豐應該是拿自己沒辦法這個因素居多，百合集團偌大的投資已經匯進海通客車的帳戶，高豐如果揭開跟自己勾結的內幕，第一個危及的並不是自己，而是百合集團。

海川市一定在查處自己之餘，會加強對海通客車跟百合集團的合作管控，到那個時候，因為海通客車在合作項目中持有控股權，少了自己的配合，百合集團再想運作什麼，怕都是很難的，更別說是抽掉資金了。

高豐是個聰明人，他不可能想不到這一點，那他就應該知道揭發自己，實際上也是在給百合集團找麻煩，自然而然就不會做這樣的蠢事了。

辛傑的心慢慢放了下來，看來這次高豐是偷雞不成，反蝕一把米了，他那天跟自己的發狠，不過是虛聲恫嚇。自己控制著他的命脈，他不敢報復。相信只要在其他方面適當的配合一下，這次自己拒絕高豐的事情，也就算含糊了過去。

把這個脈絡想明白了，辛傑就又想起了小紅。

這些天他都在等待著災難的降臨，根本就沒心思去搭理小紅，甚至小紅打電話來他也不接，這可有點冷落了美人啦。想起了小紅渾身上下那富有誘惑力的每一寸地方，讓他頓時有一種想燃燒的欲望，看來又要繼續「加班」了。

小紅看到辛傑的再次出現，不高興地說道：「你這些天都去哪裡了，怎麼都不露面，我的電話也不接，怎麼，有新歡了嗎？」

辛傑陪笑著說：「有什麼新歡啊，你就是我的心肝寶貝，這幾天我的工作實在太忙，我不接你的電話，是在開會。」

小紅眼圈紅了，她這幾天的日子也不好熬，她是寄生在辛傑身上的，辛傑如果不要她了，她可能就需要找下一個宿主了。

小紅說道：「你根本就是存心不想理人家，就算當時開會，開完你也可以打個電話過來啊。」

說著，小紅低下了頭，抽泣起來。

辛傑心疼了，趕忙跟小紅解釋，解釋了半天，小紅仍是不信，最後辛傑叫道：「好啦，我跟你說實話吧，這幾天，我差一點跟高豐決裂了，我沒有心思處理你的事情。」

實際上，小紅在那天隱約知道了一些高豐和辛傑的爭吵內容，也猜測到高豐跟辛傑起了衝突，所以也一直在擔心這件事情。

聽到這裏，小紅停止了抽泣，問道：「那這件事情你處理好了嗎？」

辛傑笑笑說：「現在沒事了，我跟高董之間已經達成了諒解。」

小紅只是高豐用來收買辛傑的工具，她對高豐和辛傑之間具體的交易內容並不是很知情，只知道自己是被包下來拉攏辛傑的。她跟高豐之間並沒有太多的聯繫，高豐這幾天也沒有給她什麼指示，因此她對辛傑的話是很相信的。

小紅便說：「那就好啦，我真擔心你們之間出什麼事情。」

「沒事啦，沒事啦。」辛傑說著，便坐到了小紅的身邊。

小紅穿著一身半透明很性感的睡衣，酥胸半露，胸罩和內褲在睡衣下依稀可見，看在辛傑眼中不禁有些心旌神搖，便伸手去撫摸小紅滑膩的肌膚，小紅嚶嚀一聲，順勢將整個身子都倚在辛傑的身上，一副軟綿綿骨頭都酥了的樣子。

辛傑的欲望頓時膨脹了起來，他低下頭來，吻住了小紅的嘴唇，小紅帶著身體漲潮的迷狂和羞澀回吻著，他們的手在對方的身體上無限眷戀地遊走滑動，房間裏頓時安靜了下來，只聽到兩人急促的喘息聲。

辛傑將小紅抱了起來，扔在臥室的床上，他等不及全部脫掉小紅的衣服，便扯掉了她的底褲，馬上就發起了衝鋒……

戰鬥結束，辛傑和小紅依偎在一起喘息，辛傑不無痛苦的想到，小紅帶給他的這種快樂，是妻子無法帶給他的，如果真要因爲跟高豐鬧翻了捨棄掉，將會是一種莫大的痛苦。

想到這些，辛傑的心一下子空落落的，活到這般歲數，他能從生活當中得到的快樂越來越小，便越是想留住這瞬間即逝的快活。

辛傑明白他和高豐之間的危機並沒有真正過去，從跟高豐接觸的這段時間中，他可以感受到高豐並不是一個可以被人隨意拿捏的人，相反，高豐喜歡掌控別人。這次就算高豐最終肯呑下這口氣，他對自己必然是懷恨在心，將來還是有一天會報復自己的。恐懼始終籠罩著自己，這種滋味並不好受。還是應該想個辦法把問題解決掉，讓高豐達到他想要的目的，那樣自己才能繼續享受目前這種快樂，甚至還可以跟高豐提出更多的要求。

可是如何解決這個問題呢？辛傑想了半天也沒想出個頭緒，只好暫時擱置下來，享受一天是一天了。

但是辛傑想要把問題置之不理，有人卻不想讓他擱置。

半夜，正當辛傑和妻子都已經進入甜蜜夢鄉的時候，家裏的電話鈴聲突然響了，鈴聲在寂靜的夜裏顯得格外刺耳，很快就驚醒了辛傑的妻子。

辛傑的妻子不高興地嘟囔道：「誰啊，半夜三更打什麼電話來？」

雖然不高興，但是還是爬起來去接了電話，看見號碼，辛傑的妻子愣了一下，是兒子辛恒在國外的電話號碼，心說這孩子，怎麼忘記了兩地的時差了。

雖然被驚醒，可是辛傑的妻子心裏還是有些高興，兒子打一次電話回來不容易，她很思念身在異國他鄉的兒子。連忙抓起電話，笑著說：

「辛恒啊，怎麼這個時候打電話來啊？有沒有想媽媽啊？」

電話那邊的辛恒卻沒接話，帶著哭腔說道：「媽，怎麼是你接的電話，爸呢？」

辛傑的妻子聽出了辛恒的話音不對，慌了問道：「辛恒啊，怎麼了，我怎麼聽你說話的聲音不對啊。」

辛恒煩躁的說：「媽，你先別管這些，快叫爸接電話，我有事問他。」

辛傑的妻子說：「好，我馬上叫他。」說著趕緊將在一旁還在睡覺的辛傑推醒了。

睡得迷迷糊糊的辛傑被推醒了很不高興，說道：「幹什麼，大半夜的。」

「你快點吧，兒子找你。」

辛傑一聽兒子要找自己，立即有了精神，趕忙把電話接了過去，問道：「辛恒啊，什麼事情啊？」

辛恒帶著哭腔說道：「爸爸，你做了什麼了，怎麼人家要趕我回國，還要我把學費和生活費退給他們，說如果我不還給他們，他們會讓我有來無回的。爸，你怎麼得罪人家了？」

辛傑不禁傻眼，高豐還是出手了，他選擇了自己最致命的弱點下手了。

辛傑愣在那裏，辛恒見辛傑半天不說話，急問道：「爸，你倒是說話啊，你究竟做了什麼了？」

辛傑的妻子在一旁聽著兒子講話，見辛傑半天不言語，也急了，忙推了辛傑一下，說道：「究竟怎麼回事啊，你快說話啊。」

辛傑被推醒，想了想對辛恒說：「兒子，你先別急，我會想辦法解決這個問題的。」

辛恒說：「那你快一點，今天那幫人氣勢洶洶的，差一點就打到我身上了。」

辛傑心裏痛了一下，他就這麼一個寶貝兒子，怎麼捨得讓他受苦，連忙說：「兒子你放心，爸爸馬上想辦法解決，那幫人再來找你，你就先應付他們說，家裏已經在湊錢，很快就會還給他們的。」

辛恒懷疑地說：「爸爸，家裏有那麼多錢嗎？」

辛傑說：「這你就別擔心了，爸爸會想辦法解決這個問題的。」

「那好吧，我要掛電話了，那幫人說以後生活費要我自理，我要省點錢啊。」

「好好，掛吧。」

辛恒掛了電話，辛傑的妻子在一旁看著辛傑，問道：「老辛，辛恒的留學費用不是都讓百合集團給解決了嗎？你做了什麼讓百合集團反悔了？」

辛傑煩躁的說：「行啦，這些事情你別管了。」

「兒子都要被人趕回來了，我不管行嗎？」

「沒事的，高豐是想給我點顏色看看，我會想辦法解決的。」

「那趕緊啊，別讓兒子吃苦啊。」

「好啦，我知道了。」

兩人好不容易熬到了天亮，辛傑匆匆吃了早飯，就趕去海通客車，在自己的辦公室裏，撥通了高豐的電話。

像是跟辛傑較勁似的，高豐遲遲不肯接電話，弄得辛傑火冒三丈。接連撥了幾遍，高豐總算接通了，辛傑怒氣沖沖地說：「高豐，你不會這麼卑鄙吧？」

高豐好整以暇地笑笑說：「誰啊，這麼早就這麼大的火氣，小心啊，氣大傷身啊。」

辛傑叫道：「高豐，你別裝糊塗了，是我辛傑。」

高豐笑笑說：「原來是老辛啊，我都聽不出來了，記得以前你打電話給我都是稱我爲高董的，怎麼現在名稱變了。」

辛傑氣說：「別裝了，你對我兒子做了什麼你心裏清楚，當初可是你提出說要幫他去留學的，現在怎麼要停了他的學費和生活費啊？」

高豐冷笑說：「哦，你找我是爲了這事啊，我知道啊，是啊，當初是我主動提出來要幫你兒子負擔留學費用的，但那時候我覺得老辛你是一個知恩圖報的人，幫你兒子，你就一定會幫我的，哪知道我一番好心幫你，你卻絲毫不知道感恩，這讓我很寒心啊。對了，你既然打來了，正好有另外一件事情我要通知你，小紅的費用，我們百合集團也不想負擔了，你看今後是不是可以自己付這筆費用啊？」

辛傑氣急敗壞的說道：「高豐，你想幹什麼，想跟我魚死網破嗎？」

高豐笑了，說道：「老辛啊，我不知道你要怎麼個魚死網破法，弄不成你要自己揭發自己？我跟你說，我們百合集團可是清清白白的，跟你這些事情都扯不上邊。只怕到時候你這條魚死了，我的網還堅固著呢。」

辛傑罵說：「你卑鄙！」

高豐笑笑說道：「是，我是有點卑鄙，不過，你也不是什麼好玩意兒，我們就等著看誰先死吧。」

辛傑知道這麼叫板下去，自己沒什麼好果子吃，實際上，在從接到兒子電話的那一刻起，他的心裏已經向高豐妥協了，更何況高豐還要將小紅這塊心頭肉的費用中斷，沒有了高豐的財力支援，他是養不起小紅這樣一個美人的。

辛傑叫道：「高豐，行了，你這麼折騰，不就是想讓我幫你挪用資金嗎？我幫你就是了。」

高豐笑笑說道：「你早這麼上道，不就什麼問題都解決了嗎？」

辛傑說：「你趕緊給你的朋友打電話，不要讓他再去騷擾我兒子了。」

「這你不用擔心了，其實他們也只是氣不過你這麼對我，跟你兒子開開玩笑而已，不會真做什麼的。」

辛傑罵道：「去你媽的吧，開開玩笑就能嚇得我兒子半夜給我打電話？你真不是個東西。」

高豐笑笑說：「行啦，老辛，我讓我朋友跟你兒子道歉還不行嗎？」

辛傑氣說：「別假慈悲了，你別騷擾他的正常生活就行了。」

「只要你老辛幫我的忙，我感謝你還來不及呢，又怎麼會騷擾你兒子呢？說吧，你什麼時候幫我辦這件事情？」

辛傑說：「這件事情數目太大了，要事先做好安排，你也別躲在北京遙控指揮，你過來，我們商量一下要怎麼去做。」

高豐滿意地說：「這個倒是需要商量一下的，你等著，我明天就飛海川。」

高豐掛了電話，辛傑渾身頓時沒了氣力，癱軟在座位上，他知道自己已經徹底地陷了進去，走上一條不歸路了。

過了一會兒，妻子打電話來詢問情況，辛傑沒好氣地說：「好啦，都解決了。」

妻子鬆了一口氣，說：「那就好，那就好。」

妻子的電話讓辛傑從惶恐中清醒過來，惶恐是沒什麼用處的，現在的問題是要如何既幫高豐的忙，又要保全自己。

第三章

強中更有強中手

蘇南點了點頭，說：

「這個案子的規模和涉及的金額，比起你們的新機場只多不少，我當然不能掉以輕心，親自出馬運作，只是沒想到強中更有強中手，被一個根本不起眼的公司在背後偷著運作給拿走了。」

高豐第二天就飛到海川，見到了神情憔悴的辛傑，笑著說：「老辛，你怎麼顯得這麼疲憊啊？」

辛傑苦笑了一下，說道：「高董，你就別說風涼話了，不是你要辦這件撓頭的事，我至於這樣嗎？」

高豐笑笑說：「好啦，一定有辦法的。」

辛傑說：「要挪動這麼大一筆錢，有一個人是無法避開的，那就是財務科長沈荃，這個人跟市裏的秦屯副市長關係很不錯，如果他不同意，又或者他向市裏彙報，我也是根本沒辦法幫你動這筆錢的。」

高豐問道：「財務科長不是你的親信嗎？」

辛傑說：「海通客車是國有企業，幹部任命跟公務員的任命方式是很相似的，一些重要的崗位都是由市政府安排，不像你們私營企業，財務科長都是老闆的親信。」

高豐說：「你財務科總不會一個親信都沒有吧？」

辛傑說：「副科長王兵是我的人，這個人我倒可以調得動。」

高豐說：「那就想辦法把沈荃調開。」

辛傑說：「怎麼調啊？他的職務安排我說了不算的。」

高豐想想說：「不用把他調離崗位，找個什麼事情讓他暫時離開一下就好了。」

辛傑說：「那就一定要沈荃離開海川市才行啊，如果這時候能有個什麼活動邀請他去參加一下就好了。」

高豐笑說：「我有主意了，我們百合集團馬上就要舉行企業年會了，我給沈荃專門發一份邀請函，說起來，你們海通客車也算我們百合集團的一份子，理應參加的。」

辛傑聽了，說道：「行，那你到時候好好招待一下我們的沈大科長，讓他在北京多逗留幾日。」

高豐說道：「這個你放心，北京那麼多風景名勝，我會安排機會讓沈科長到處走走，保證讓他樂不思蜀的。」

辛傑又說：「副科長王兵這裏，爲了保險起見，也是要做些安排的。」

高豐說：「行，我會安排得讓他滿意的。」

「還有，這次就說是你們百合集團急於用錢，自行調動的，我會安排王兵配合，但是儘量不簽字，你明白嗎？」

高豐明白這是辛傑不想暴露自己，便笑笑說：「行，我沒意見。」

民航總局正式下達了批覆，同意將海川市新機場調整進國家機場建設規劃中。旋即受中國民航總局的委託，中國民航工程諮詢公司動員專家到了海川市，對新機場選址報告進行審查論證，徐正全程陪同專家們的考察活動，小心應付，生怕出一點問題。

與會專家經過科學分析，反覆比較，一致同意將海東縣興旺鎮作爲海川新機場建設場址，並上報中國民用航空局審批。

沈荃接到百合集團派駐在海通客車的總經理錢飛送來的邀請他參加年會的請帖，這是一個四十多歲的中年男人，中等個子，常年的內勤工作，讓他看上去有些文弱。

他拿著請帖找到了辛傑，說：「辛廠長，你看百合集團邀請我去參加他們的年會。」

辛傑笑笑說：「哦，你也接到請帖了。」

沈荃說：「怎麼你也有啊？」

辛傑從桌上拿起一份一樣的請帖遞給沈荃，說：「我當然也在被邀請之列了，還有王副廠長、李副廠長也都受到了邀請。」

原來高豐怕單獨邀請沈荃會引人懷疑，所以把幾個海通客車重量級的領導都一起邀請了，當然也包括辛傑。

沈荃笑說：「看來我在他們眼中，算是跟你們廠領導是同等級了。」

辛傑刻意說：「你當然重要了，你是我們的財務科長，主管財務的，百合集團跟我們的合作，你是不可或缺的一員。」

沈荃笑說：「我沒那麼重要啦，對了，你們都是什麼意思，去還是不去？」

辛傑看著沈荃，笑著說：「老沈，你是不是想去啊？」

沈荃靦腆地說：「難得有這種好機會，又有人負責全部的費用，我很想去啊。我只年輕的時候去過天安門廣場，北京其他的地方我都還沒去過呢。」

辛傑立刻慫恿道：「現在北京也大變樣啦，怕是你這次再去都認不出來了。最近這段時間廠裏也沒什麼事情，你想去就去吧。」

沈荃看著辛傑，問道：「那辛廠長也去嗎？」

辛傑說：「我就不去了，北京去年我去過了，再去就沒意思了；再說王副廠長、李副廠長也準備要去，廠裏不能沒有人留守，我就堅守崗位了。」

沈荃猶豫說：「辛廠長不去，我去不好吧？要不我也留下？」

辛傑心說我就是想把你調開，你不去，豈不是全功盡棄？便笑笑說：「老沈，這幾年廠裏沒怎麼賺錢，你也沒機會出去逛一下，現在難得有百合集團負擔費用，你又何必浪費這大好的機會呢？」

沈荃實際上早就心動了，不然的話，他也不會拿著請帖來找辛傑，就說：「那好吧，我就去吧，那財務方面怎麼辦？」

辛傑說：「你不在的時候，就交出土兵來處理吧。」

沈荃點了點頭：「也好。」

過兩天，沈荃就和王副廠長、李副廠長一起飛往北京。百合集團盛情的招待了他們，帶著他們逛故宮、爬長城，沈荃等人玩得十分的愜意。

海川這邊，沈荃一離開，辛傑就把百合集團駐在海通客車的總經理錢飛叫到了自己辦公室，錢飛不到四十歲的樣子，白白胖胖，一副保養得很好的樣子。

辛傑問道：「高董走之前，有沒有跟你交代什麼？」

錢飛點點頭說：「交代了一些事情，我都按照他的交代辦了。他也交代我要跟辛廠長配合好。」

辛傑說：「那我把王兵叫來，應該沒問題吧？」

錢飛笑笑說：「沒問題，你沒看到那小子跟我拍胸脯的場面，好像是我們百合集團的忠心幹將一樣，似乎他比我都對百合集團忠誠。」

就像辛傑一樣，王兵這些人雖然擔任海通客車管理階層的位置，但對企業並沒有什麼忠誠度，誰給他利益，他就效忠誰。

一會兒，王兵趕到了辛傑的辦公室，王兵三十左右歲，很壯實，一副精幹的樣子，他看到錢飛也在座，向錢飛點了點頭，算是打了招呼。

「辛廠長，你找我有事嗎？」

辛傑笑笑說：「王兵啊，你說我對你怎麼樣啊？」

王兵笑說：「辛廠長對我十分栽培，沒有您，我是不可能當上這個副科長的。」

辛傑說：「你明白這一點就好。現在是這樣，錢總需要海通客車安排一筆資金給百合集團暫用，你幫他處理一下。」

「好的。」

王兵答應得很痛快，反而讓辛傑遲疑了一下，他很擔心錢飛並沒有真正告訴王兵具體要做什麼，如果王兵知道這筆錢的數目之後，會不會不敢做呢，便說道：

「不過，這筆錢數目可不小啊。」

王兵笑說：「只要是您辛廠長吩咐的，我一定照辦。」

辛傑對王兵表現出來的這種無條件服從自己的態度十分滿意，看來他的擔心是多餘了，就笑笑說：「那好吧，你跟錢總就去辦理吧。有一點要注意，帳目上先不要表現出來，等百合集團把錢還回來，你偷著把帳平了就是了。」

王兵點點頭說：「我明白，我一定會把帳目處理好的。」

王兵心說：這些你不吩咐我我也會去做的，實際上，這段時間，錢飛跟王兵走得很近，經常在一起吃喝玩樂，王兵早就拿了好處被錢飛拉下水了。表面上看去，王兵還表現得一副聽從辛傑的樣子。

於是，王兵就配合著錢飛，悄悄從海通客車帳上轉了一億到百合集團，高豐拿到錢之後，很快又玩弄了一次新的收購遊戲，將新的獵物洗劫一空。

高豐對辛傑這次的表現很滿意，又往辛傑的卡裏匯了一筆錢，辛傑自然笑納了，不過這一次他連一聲謝謝都沒說，他覺得這是他應得的。

北京，週五的晚上。傅華接到了蘇南的電話。

「傅老弟，週末打算做什麼啊？」

傅華知道蘇南是有意要打探新機場項目的審批進展，他既然答應過蘇南，也想把近期的情況跟蘇南說一說，便說道：「目前還沒什麼打算，在家休息吧。蘇董有什麼安排嗎？」

蘇南笑笑說：「春天已經到了，別老在家裏窩著了，出來走走吧。」

傅華問道：「不知道蘇董想去哪裡啊？」

「我想去潭柘寺走走，不知道你有沒有這個興趣啊？」

傅華心想，潭柘寺他也久聞盛名，只是還沒有去過，正好一遊，便笑笑說：「好哇。」

週末，蘇南到笙篁雅舍接了傅華，陳驍給他們做司機。

，今天的蘇南一身運動服打扮，很隨意，但是那種威嚴氣質依然不滅。陳驍雖然也是運動服打扮，但手腳仍然放不開，一看就是一個跟班的。

在車上，傅華把最近一段時間新機場審批的情況簡單的說了，蘇南點點頭，沒表示什麼。

潭柘寺位於北京的門頭溝，始建於西晉，據說是北京最古老的寺廟，鼎盛時期，潭柘寺有房屋九百九十九間半，儼然是北京故宮的縮影。

跑過一段山路之後，就到了潭柘寺的正門，正門被兩棵異常繁茂的臥龍松遮蔽著，幾乎無法看到全貌。

蘇南和傅華下了車，他們出發的時間很早，遊客並不多，空氣中還有淡淡的清新味道。

傅華看著山門，不禁說：「好氣派啊。」

蘇南笑笑說：「這裏原來是皇家的寺廟，是京都第一皇家寺院，是大乘佛教禪宗臨濟宗的領袖，不氣派能行嗎？」

進得山門，是一座跨過深淵的拱橋，過了拱橋，迎面一個不大的寺門，一道長匾掛在門的一邊，由上至下寫著「潭拓寺」三個大字。

陳驍停好車，追上了蘇南和傅華，三人一起往裏走。

蘇南說：「我以前很喜歡閒暇時到這裏走走，那時候還沒有很多人來，我可以在這裏靜下心來，安靜的思考一些問題。可惜的是，現在香客太多了，一片熱鬧繁華景象，很難再說這是一片淨土了。」

傅華笑說：「現在的寺廟都是這個樣子，香火鼎盛，已經不是修身養性，而是大發利市的地方了。」

蘇南點點頭說道：「這倒也是，現在地方上都把這個作爲一個旅遊資源了。」

進了裡面，第一進院落中央是天王殿，天王殿殿中供著彌勒像，背面供韋馱像，兩側塑有高約三米的四大天王神像。

三人閒談著，走過了天王殿，來到後面的大雄寶殿，大雄寶殿面闊五間，重簷廡殿頂，黃琉璃瓦綠剪邊，上簷額題「清靜莊嚴」，下簷額題「福海珠輪」。

蘇南指了指大殿正脊兩端各有一巨型碧綠的東西，說：「你知道這叫什麼嗎？」

傅華搖搖頭說：「我這還是第一次來，並不熟悉。」

蘇南說：「這叫鴟吻，琉璃做的，傳說是龍生九子之一，屬水，剋火，故而置於屋脊以鎮免火災。你看到了那上面金光閃閃的鎏金長鏈嗎？據說康熙皇帝初來潭柘寺時，看見鴟吻躍躍欲動，大有破空飛走之勢，於是命人打造金鏈將牠鎖住，並插一劍，那鍍金劍光吻帶就是康熙所賜。」

傅華笑道：「破空飛走，真有這麼神嗎？」

「這倒很難說，很多時候，不過是寺裏爲了增加吸引力編出來的故事而已。不過故老相傳，潭柘寺是北京城最靈驗的，而且說整個北京城的帝王之氣都在這裏。大雄寶殿後面還有一棵帝王樹呢，走，我們去看看。」

三人就到了大雄寶殿後面，一棵很高很大的樹出現在他們面前，要六七個人才能合抱的過來，這棵樹種植於遼代，已有千年的歷史，據說每有新皇登基，這棵樹就會在根部長出新枝，然後與大樹的樹體逐漸融合，因此被賜名爲帝王樹。

傅華伸手撫摸了一下大樹，有感而發說：「風流總被雨打風吹去，大樹依舊在，帝王無處尋啊。」

蘇南笑道：「想不到傅老弟很有詩意啊。」

傅華笑笑說：「蘇董見笑了，信口胡謅而已。」

蘇南說：「傅老弟不要自謙了，出口成章，怎麼是胡謅呢。說起詩來，這潭柘寺裏倒有一處是很適合作詩的地方，我也很喜歡那個地方，走，我帶你去看看。」

蘇南就領著傅華和陳驍往東走，東邊都是些庭院式建築，一路走來，幽靜雅致，碧瓦朱欄，流泉淙淙，修竹叢生，頗有些江南園林的意境。

到了行宮院內，傅華見到一座小亭，名叫「猗玕亭」，有竹林，伴以古松，環境清幽，地面用巨大的漢白玉鋪砌而成，上面刻有蜿蜒曲折的水槽，巧妙地構成了一幅南龍北虎的圖案。泉水從亭子東北角的石雕龍口中吐出，順著石槽水道流入亭內，前後迴旋，左盤右轉，緩緩流過。

蘇南問傅華：「你知道這是做什麼的嗎？」

傅華搖了搖頭，蘇南笑著說：「曲水流觴你知道吧？」

傅華說：「我知道，古代人作詩的一種遊戲，大家坐在河渠兩旁，在上流放置酒杯，酒杯順流而下，停在誰的面前，誰就取杯飲酒。王羲之的《蘭亭序》不就是爲了曲水流觴遊戲而形成的詩集作序的嗎？」

「這就是曲水流觴，是乾隆皇帝爲得曲水流觴之趣而特別建的，來，我們坐到亭邊去，體會一下古人的高雅。」

蘇南的興致很高，先到亭邊坐了下來，傅華和陳驍也跟著他坐了下去。不過煞風景的是，亭子的四根柱子上圍著鐵鏈，讓傅華真的很難想像當初古人是如何興致勃勃高吟低誦的。

坐了一會兒，蘇南也覺得沒趣，便站了起來，說道：「走吧，現在很難找到以前那種雅趣了。」

傅華看得出來，蘇南一路上雖然主動地介紹寺內的風景，似乎興致很高，可實際上，這是因爲做主人不得不做出來的一副姿態，總不能邀請人來逛潭柘寺，主人卻一副鬱鬱不歡的樣子吧。

傅華一邊跟著蘇南往外走，一邊說道：「蘇董似乎有什麼心事啊。」

蘇南感慨說：「有些時候想想，如果真的能像王羲之那些晉人一樣吟詩弄月，不爲世事所擾，該有多好，可是我只是一個俗人，總是有俗務要理。」

傅華笑道：「多少人嚮往蘇董這種生活啊。」

蘇南也笑了，說道：「我承認，這種生活是給我帶來了很多快樂，但有些時候也讓我很是煩躁，也許當初我就錯了，我不去經商，一樣是可以生活得很好的。」

「怎麼了，蘇董的振東集團可是名聲赫赫啊，這麼成功還不滿足？」

蘇南說：「傅老弟，你不懂的。家大業大也有家大業大的苦處，那麼多人在跟著我吃飯呢，每天一睜開眼，我就需要賺出這些人的工資來，那可是一筆很大的數字。賺錢是很辛苦的，你以爲老闆都是喝喝酒、聊聊天，錢就來了嗎？你知道我有些時候有一種什麼感覺嗎？感覺我就像騎在老虎背上，想下來都不可能。」

傅華笑笑說：「看來家家都有本難念的經啊。」

蘇南嘆了口氣，說道：「是啊，有時候我在想，如果我不是某某人的兒子，我的生活會是什麼樣子呢？想了半天，我也想不出頭緒來。我的身分帶給我太多的東西，有好有壞，我也說不清楚究竟是好處多，還是壞處多。」

傅華勸慰說：「有些東西是上天給你的，是注定的，也沒必要去多想。」

蘇南笑說：「傅老弟這話說得透澈，真是沒必要去想，反正你又無法改變。老天在給我那麼多好處的時候，讓我負擔多一點也很正常啊。」

傅華說道：「這也是我對人生的一種感念吧，有些時候，人真是很難改變自己的命運，順應而為反而會快樂很多。蘇董喜歡來潭柘寺，想來對佛學也有些研究吧，金剛經上說『應無所住而生其心』。」

蘇南笑了，說：「看來我是有所執迷了。今天有點不好意思了，本來想邀請老弟出來放鬆一下心情，沒想到因為我心情不好，倒跟你發了一肚子牢騷，掃興了。」

傅華笑笑說：「也沒什麼，我們本來就是來散心的，發發牢騷也能放鬆一下心情啊。」

「有老弟這樣的人做朋友真是不錯，我的心情確實好了很多。」蘇南笑說。

早春的山上還有些寒意，出了行宮，蘇南感到了幾分蕭瑟，便看看傅華，紳士的笑著問道：「要不要繼續逛下去？」

傅華也有些意興闌珊，他知道自己只要說要逛下去，蘇南肯定是會陪同的，可是主人已經有了歸意，他這客人就不好再不知趣了，便說：「我覺得已經看得差不多了，還是回去吧。」

蘇南說：「其實潭柘寺還有很多可看的地方，什麼龍宮之寶的石魚啊，什麼觀音像的，不過我今天心情不佳，這裏的遊人已經開始多了起來，我們改日再找個時間來吧。」

「行，我無所謂的。」

傅華就和陳驍陪著蘇南往外走。

一路上，蘇南沉默不語，傅華也無心關注他是因爲什麼不高興，陳驍更是不敢問，三人就這麼默默的往外走。

走了一會兒，蘇南感覺到了氣氛的沉悶，回頭看了看傅華，說道：「傅老弟，你不想問一下，我爲什麼這麼心情不好嗎？」

傅華看出蘇南很有傾訴的意思，便笑笑說：「蘇董願意說，就說說吧。」

蘇南說道：「你就這麼不好奇嗎？你這個樣子，我說起來好像有點不好意思啊。」

傅華笑笑說：「其實蘇董是想找人說說話而已，並不在乎跟誰說，那又何必在乎我問與不問呢？」

蘇南呵呵笑了起來，說道：「傅老弟，想不到你還真是一個趣人，我早怎麼就沒遇到你，你是不是能一眼看透別人的心思啊？」

傅華笑說：「我沒有一眼看透別人的本事，可是蘇董想要傾訴的表情都寫在了臉上，我就是想不知道也難。」

「呵呵，這些年除了我父母，你是唯一一個在我面前這麼直言不諱的人。就連這個陳驍跟了我這麼多年，也不敢隨便說話。」蘇南說道。

陳驍聽蘇南提到了自己，撓了撓頭，笑笑沒說話。

傅華笑笑說：「呵呵，我這個人直率慣了，蘇董是不是最近遇到了什麼煩心的事了？」

蘇南點點頭：「是啊，振東集團剛剛失去了一個很大的案子，這對我來說是一個很大的挫敗。」

傅華說：「看來你在這個案子上下的功夫不少啊。」

蘇南點了點頭，說：「這個案子的規模和涉及的金額，比起你們的新機場只多不少，我當然不能掉以輕心，親自出馬運作，只是沒想到強中更有強中手，被一個根本不起眼的公司在背後偷著運作給拿走了。」

這麼大的項目，參與的那一家公司規模也不會小了，蘇南嘴裡的不起眼的公司，怕也不是那麼簡單，可能只是在他眼中不起眼而已。而且爭取這麼大的項目，有這麼大的利益在，大家都是無所不用其極，這時靠得不僅僅是公司自身的實力，臺面下的運作實力更是關鍵，權力在其中的影響力是十分巨大的，即使你運作的主管官員同意把項目給你做，可是如果別的公司運作了這個主管官員更上層的人士，那等著你的還是失敗。

這是一個競爭激烈的紅海，每家公司都是勢在必得，每家公司都當仁不讓，相互之間的廝殺肯定是刀刀見骨的，以傅華目前對蘇南的認識，他覺得這種紅海競爭並不是蘇南的所長。

振東集團以前風光無敵，是因爲有蘇南父親的關係，現在這個影響力降低了，而比蘇南父親更有實力的又大有人在，振東集團的失敗也是一種必然。即使這次不失敗，終將有一天也會失敗的。蘇南的心情沮喪，只不過是他不情願接受這種必然的一種情緒吧。

傅華安慰說：「一個案子能否爭取到手，涉及的因素很多，某一點想不到，可能就會滿盤皆輸，蘇董應該看開一點，不要把一時的得失看得那麼重。」

蘇南搖了搖頭，說道：「你知道嗎，從小我的字典裏就沒有失敗這兩個字。」

傅華笑了，說道：「說一句蘇董可能不願意聽的話，沒有人沒失敗過的。說自己沒失敗過，那是狂人的囈語。」

蘇南苦笑了一下，說道：「是啊，我剛剛就品嚐到了失敗的滋味，很苦澀。」

傅華說：「我不是跟你講大道理，不過，失敗其實也沒什麼，有時候這也是人生的一個過程，要學著接受。」

蘇南嘆了口氣，說：「是啊，我是應該學著接受了，其實振東集團在社會上的影響力已經大不如前，開始我還覺得是社會競爭越來越激烈的緣故，現在我才感覺到其實不是這麼回事，不是競爭對手越來越強大了，而是振東集團已經開始弱了下來。」

看來蘇南心裏已經明白，振東集團之所以變弱，是因爲振東集團後面的背景弱了下來。一雞死一雞鳴，這社會上的強者總有衰弱的一天，這個強者衰弱了，新的強者就會誕生。看來真像趙凱所說的，蘇南已經意識到了這一點，有危機的意識了。

傅華說：「其實我感覺失敗有些時候倒也不是壞事，從失敗中我們可以得到經驗，強弱是可以互相轉化的，關鍵是如何讓自己再變強起來。」

蘇南笑笑說：「我想你跟我一樣明白我們振東集團變弱的原因吧？就像這一次，擊敗我們的那個公司如果跟我們公平對決，他們跟我們根本不在同一等級上，如果不是有這樣的結果，那家公司我看都不看一眼的。他們的勝利完全是建立在幕後關係的基礎上的。」

傅華想，蘇南是個聰明人，看來他對振東集團這次的失敗思考了很多，也找到了失敗的真正原因。

「蘇董你這不是比我還透澈嗎？」傅華說。

蘇南搖搖頭說：「我是可以看得透，可是我還是有些放不下，心中總覺得鬱悶。」

傅華笑笑說：「你怎麼變強我可能幫你不了，可是你的心情我倒是可以幫你解決，我記得一個雍和宮的喇嘛跟我說過一個丹霞燒佛的禪門公案……」

傅華就講了嘉圖諾桑跟他講的故事，講了老喇嘛說的「帶著平常心去順其自然的應對，我就不相信還有解決不掉的問題。」

蘇南笑笑：「平常心，平常心，這三個字說起來容易，做起來很難的。」

說話問，就到了寺外，陳驍取了車，三人就上了車，蘇南彷彿陷入了沉思，不再說話了。

很快就到了最繁忙的兩會期問，孫永和徐正都是全國人大代表，分別來到了北京，這下忙壞了傅華，他的神經高度緊繃，一方面，市委書記、市長兩邊他都要應付，另一方面，他還要應付可能在兩會期間發生的意外事件。

幸好，孫永和徐正大部分的行程都在人大會上，除了早晚的請示之外，倒也沒什麼特別的事。駐京辦的工作人員也全部被動員了起來，輪流值班，隨時準備應對可能發生的各項事情。

隨著會議進入尾聲，倒沒發生什麼重大事件，傅華總算鬆了口氣，這才跟徐正提起了振東集團的事情。

徐正多少聽到過振東集團，對傅華提出說蘇南因爲新機場項目想要見他，笑笑說道：「現在這些商人，真是懂得抓商機啊，我們的新機場還沒有最後定案呢，他就找上門來了。」

傅華說：「他知道我們新機場通過立項是早晚的事，所以才提早行動的。徐市長，您要不要見他？」

徐正便笑笑說：「見見也好，既然我們新機場要建設是早晚的事，我見見他也能摸清一下機場建設方面的行情。不過你跟蘇南說一聲，兩會期間，不要太招搖，找個簡單的地方碰碰面就好了。」

傅華就跟蘇南打了招呼，說了徐正的要求，蘇南就提議去吃野味，晚上就來接了徐正和傅華，帶他們去了郊區的一個小洋樓。

小洋樓雖然很不起眼，可傅華注意到停車場上停的車子都是部委和機關牌照，顯見這裏並不像外表看上去那麼簡單。

進了雅座，坐定之後，徐正推說在會議期間不敢喝酒，蘇南也沒強迫，就隨意吃了點野菜野味。席間也就是相互介紹認識一下，道了久仰之類的客氣話，互留了聯繫方式。

晚宴很簡短，吃完飯之後，蘇南就把徐正和傅華送了回去。

傅華把徐正送回房間之後，剛到家就接到了蘇南的電話。

蘇南說：「謝謝老弟幫忙了。」

傅華笑說：「我也只能做到這裏了，以後的事情你們自己安排吧。」

「好的。我知道怎麼做的。」蘇南說。

第二天，傅華去孫永那兒看他有什麼情況。

孫永見到傅華，看了他一眼，笑著說：「小傅啊，你昨晚跟徐市長去做什麼了？」

傅華心裏咯登一下，這孫永倒是耳目靈通，自己跟徐正的一舉一動都在他的注視之下。

傅華不敢猶豫，怕給孫永造成一種臨時編瞎話的印象，趕忙說：「昨晚北京的一個朋友宴請徐市長，我們去吃了點野味。」

孫永笑笑，說：「不錯啊。」

傅華不知道孫永這句不錯是要表達什麼意思，他始終看不透孫永笑容背後的那張臉，就想早一點離開，趕忙問孫永有沒有什麼事情需要自己去做的？

孫永說：「小傅，我還真有一件事情需要你幫我打聽一下，你岳父是地道的北京人吧？」

傅華點了點頭，說：「孫書記有什麼事情需要我岳父去辦的嗎？」

孫永說：「也不算什麼重要的事，我聽他們說，北京有一個叫做王畚的易學大師，你讓他幫我打聽一下，如果可能，我想見見。」

傅華印象中並沒有聽說過這麼號人物，就說：「這個人我沒聽說過，回頭我幫您問一下吧。」

孫永說：「我一個朋友見過這個王畚，把他說得神乎其神的，所以我有點好奇，想看看究竟是什麼樣的人。這件事情要注意保密，不要隨便跟別人說啊。」

傅華點點頭說：「我明白。」

從孫永那兒離開，傅華就打電話給趙凱，問他認不認識一個易學大師，叫做王畚的。趙凱聽了說：「王畚不就是我以前跟你們說過的那個王大師嗎？你找他幹什麼？」

傅華笑道：「原來他就是王畚啊，我找他是因爲我們市委書記想要見見他。爸爸，你能不能幫我安排一下？」

趙凱說：「這個王大師可不是說見就能見到的，你等我問一下。」

過了一會兒，趙凱回電話來，說王大師被一個企業家邀請出京了，這一次怕是見不到了。

傅華就把這個情況轉告給孫永，孫永聽完，想了想說：「這次見不上就見不上吧，你回頭跟你岳父說一聲，他既然跟王大師這麼熟悉，讓他幫我近期預約個時間，讓我見見大師。」

傅華沒想到孫永會這麼渴望見到王大師，他原本以為這次見不到，孫永就會作罷了，愣了一下之後，趕忙答應說：「好的，我一定跟我岳父說。」

孫永又交代說：「你讓他一定儘快安排啊。」

傅華心說這個王大師真的有這麼吸引人嗎？怎麼弄得孫永這個一向沉穩的人都有些坐不住的感覺，不知道他找這個大師有什麼事情。

傅華便說：「我明白。」

想到沒有辦法立刻見到王大師，孫永心中有些遺憾，原本他滿心希望這一次能見到王大師的。他聽到王畚這個名字，是從鄰省一個副省長的秘書那裏，這個秘書是他老婆的近房親戚，是他老婆舅舅的兒子，平常叫表弟的。

這個表弟因為有事經過海川，就來看孫永，閒談中，孫永說起了自己目前的處境，覺得自己這幾年的仕途十分不順利，一方面看不到上升的空間，另一方面，雖然他身為一市的市委書記，在海川應該是呼風喚雨的一把手，可是偏偏他遇到的兩個市長都是強勢人物，不但不以他這個市委書記馬首是瞻，而且都表現搶眼，時時威脅到他的地位。

表弟聽完，就說他可能是陷入人生發展的某種困局中了，需要找人幫他解解。孫永聽了，不禁說道：「這還有解？」

表弟加重語氣說：「當然有解了，你知道我現在跟的這位領導嗎？他原本是排名最後的一名副省長，省長並不重視他，因此在省裏並不得意。很多人都認爲他會就這樣熬到退休的，可現在呢，人家成了常務副省長，省委書記和省長都很器重他，已經不可與當初同日而語了。你知道他是怎麼變成這個樣子的嗎？」

孫永不解地問：「爲什麼會變成這樣？」

表弟說：「他之所以會變成這個樣子，是因爲他找了一個大師，對他的命盤進行了全面的解析，然後針對他的命盤做了一些道家秘法，轉變了他的命運。」

孫永聽了，便說：「瞎說，怎麼有這種事。我怎麼從來沒聽說過這種人。」

表弟信誓旦旦說：「我是從副省長不得志時就跟著他的，他的事我十分清楚，他去北京找那個大師的時候，我就在旁邊，這是我親眼所見，親耳所聽的，你說是真是假？」

孫永不相信地說：「真是這樣的嗎？」

「真的，那個大師叫王畚，在京師富豪圈子中很有名氣，很多人都聽這個大師的指點，副省長會知道他，就是一名富豪引薦的。」表弟又說。

孫永心動了，眼下省委書記程遠因爲年齡的關係，今年肯定會離開省委書記的寶座的，東海省政局必然會發生很大的變動，這對自己來說是一個很大的機會，能不能就此走出目前的困局，或者借此機會上升，對孫永來說都是要考慮的問題。

於是孫永問道：「那你能不能幫我也引見一下，讓我去拜訪一下這位大師。」

表弟搖了搖頭，說：「這可不行，你要見自己去見，我是不能做這個引薦人的。」

孫永愣了一下，說道：「怎麼，有什麼不可以的嗎？」

表弟解釋道：「這件事情在我們副省長來說，是一件很大的秘密，如果我們不是親戚，我也不會在你面前說這件事的。冉說，這個大師是我們副省長親自聯繫的，我只知道有這麼個人，並沒辦法直接聯繫他。」

孫永說：「那怎麼辦啊，我真的很想認識他一下。」

表弟建議說：「其實你要認識也很簡單，京師富豪中你沒朋友嗎？想找一個引薦人應該不困難吧？」

孫永馬上就想到了傅華的岳父趙凱，通匯集團也算有名的企業，趙凱說不定會認識這個王畚。於是趁著到北京的這個機會，就讓傅華打聽這個叫做王畚的大師。

第四章

各懷鬼胎

現在看來，在這個看上去各方都得利的雙贏合作中，
合作的各方其實是各懷鬼胎的，
他們想的和做的，跟他們在臺面上說的大相徑庭，
每個人都想做捕蟬的螳螂，都在覬覦對方，企圖獲取最大的利益。

收購了這家新的洗衣廠之後，百合集團旗下新近收到手的，已經有三家洗衣機廠了，高豐很想用這三家洗衣機廠合併，另外再籌組一個集團公司，便找到了崔波。

崔波聽完高豐的意思，笑著說：「高董啊，你這些資料有點不太合規定啊，要通過看來不是很容易。」

高豐笑說：「我找崔司長就是想弄明白，這裏面有哪些不合規定的地方，幫我指點一下吧。」

崔波有點爲難的說：「這不是一兩句話就可以說得清楚的。」

「那你跟我說說是哪方面不合規定好嗎，我也好回去修改一下。」高豐笑笑說。

「主要是法律方面有很多不合規定的地方。」

「哦，是這樣子啊，不過，公司的顧問律師審查過，他們說法律上是沒問題的。」

崔波聽了，笑說：「高董是認爲我專業水準不夠嗎？」

崔波這話雖然是笑著說的，可是高豐還是聽出了他語氣中的不悅，他這個併購案要通過，必須得到崔波的首肯，便趕忙解釋說：

「我可不是這個意思，崔司長，你是不是說得具體一點，我也好回去修改。」

崔波笑笑說：「你不是專業人士，我跟你說，怕是你也不能明白，不過，倒是有一個簡便的方法可以幫你解決這個問題。」

「什麼方法？」

崔波說：「你們的律師做的文件之所以不很合規定，是因爲他們在這方面並不是很專業，你要想順利通過審查，可以找專業的律師幫你嘛。」

高豐立刻明白崔波這麼說的意思，便笑笑說：「我對這些也不熟悉，哪家的律師專業我也不是很清楚，崔司長是不是可以推薦一家給我。」

崔波便說：「可以啊，你去找董昇吧，他在行內很有名氣，他做的文件通常都能通過審查的。」

高豐笑笑說：「行，那我去找他。」

崔波就寫了董昇的聯繫方式，讓高豐自己去找董昇。

高豐拿著聯繫電話離開了，崔波隨即打電話給董昇。

董昇接了電話，問說：「你的房款交了？」

董昇出院之後，就把答應給崔波的錢送到了他家裏，因此有此一問。

「交了，鑰匙已經拿到手裏，等裝修好到我家玩。」

董昇笑笑說：「行啊，你有了新家，我們就多了一個玩牌的地方了。」

「我打電話給你，不是要說這件事情，百合集團的高豐剛從我這裏離開，他想籌組一個洗衣機集團公司，我讓他把相關事務交給你去做。」崔波說。

董昇說：「好哇，我會照常辦理的。」

這是兩人已經約定好的方式，崔波幫董昇介紹業務，董昇再適當的給予崔波回饋。

崔波又說：「徐筠那邊最近有什麼動向嗎？沒找你鬧吧？」

董昇笑笑說：「她乖乖地把東西拿走了，也沒再來找過我。你啊，就是瞎擔心，一個女人能起多大的風浪啊？還不是老老實實的滾蛋了。」

崔波沉吟了一會兒，說：「也沒有人來找你什麼麻煩嗎？」

董昇笑道：「找什麼麻煩啊，一切都風平浪靜的。老崔啊，你是不懂女人的心理，女人你就不能對她心軟，必須嚴厲一點，孔老夫子不是說嘛，近之則不孫。」

崔波說：「你別忘了，後面還有半截話，遠之則怨，你小心她報復你。」

董昇冷笑一聲：「她怎麼報復我啊？你也太看得起她了。」

崔波提醒說：「你也不要小看了她，你還記得你是在哪裡認識她的嗎？」

董昇回憶說：「是在振東集團的酒會上啊，那一次不是因爲你幫了蘇南的忙，他才邀請你去參加他們公司的酒會，我當時跟你一起去的，怎麼了？」

當時董昇在酒會上跟徐筠聊得很高興，便互留了聯繫方式，酒會後，董昇就對徐筠展開了瘋狂的追求。

崔波說：「那你知道她跟振東集團的蘇南是什麼關係嗎？」

崔波見過蘇南跟徐筠在一起的樣子，蘇南對徐筠就像對一個妹妹一樣，崔波自然知道蘇南的背景，因此對徐筠也就不無忌憚；這也是他對徐筠和董昇之間的關係很關心的原因，他怕惹惱了徐筠，最後得罪了蘇南。

董昇笑笑說：「當然知道了，在我和徐筠關係好的時候，她跟我說過，徐筠的父親是蘇南父親的部下，兩家關係很好的。怎麼，蘇南想管這件事？」

崔波說：「那倒沒有，前幾天我倒是見到蘇南了，蘇南並沒有提起過這件事情，好像他並不知道。不過，我擔心的就是他知道了會怎麼樣。」

董昇笑笑說：「管他會怎麼樣呢，蘇家老爺子退下去那麼多年，對我們沒什麼威脅了。蘇南只是一個商人，對我們來說更沒有什麼。」

崔波擔心說：「虎死還有不倒威，你也別太過輕視蘇家了。」

董昇不以爲意地說：「反正他們也管不到我們，不要去搭理他們就好了。好啦，我還有事要做，百合集團的進展情況我會跟你說的，我要掛了。」

兩會開完之後，徐正和孫永分別離開了北京，傅華的接待工作總算告一個段落。經過聯繫，那個叫做王畚的大師還要在外地待些日子，一時難以預約跟孫永的會面。

蘇南和傅華一起送了徐正離開，從機場回來，他並沒有回振東集團，而是回到父親的家，去看看老爺子。最近一段時間他忙於工作，有些天沒回去了。

蘇老爺子住的是一個四合院，在門口，蘇南看到徐筠的車子，便知道徐筠來了。

果然，徐筠正坐在客廳裏跟蘇老爺子和老太太聊天，見到蘇南回來，站了起來，笑說：「南哥回來了。」

蘇南笑笑說：「徐筠你來了，坐。」

「我爸讓我來看看蘇老。」徐筠說。

蘇南問候說：「徐叔叔的身體還好嗎？」

徐筠說：「我爸還是那個樣子，他雖然沒蘇老年紀大，可是身體狀況還不如蘇老。」

「你告訴你父親，就說我說的，要多運動，人老了身體是最重要的。」蘇老說。

徐筠笑說：「我回去一定告訴他，您的話我爸肯定聽。」

蘇老笑笑說：「他敢不聽，不聽我踹他。」

蘇南聽了，笑說：「老爺子，你現在還踹得動嗎？」

徐筠說：「只要有老爺子這句話就行，我爸肯定害怕。」

蘇南看了徐筠一眼，說：「徐筠，我怎麼感覺你比上次我見你的時候瘦了很多，臉色也很差，怎麼了，在減肥嗎？」

徐筠勉強笑了笑，她不好意思在蘇老面前說自己被董昇甩掉的事情，便說：「是啊，我在減肥。」

蘇老笑說：「小筠，女孩子胖點無所謂的，減什麼肥啊。」

徐筠乾笑了一下，說：「老爺子，我想瘦一點嘛。」

看看到了中午，徐筠和蘇南就一起在蘇老家裏吃了飯。吃完飯，徐筠就要告辭離開，蘇南說：「我也要回公司了，一起走吧。」

兩人就往外走，出了門口，徐筠準備要上自己的車，蘇南拉住她說：「徐筠，先別急著走，你最近發生了什麼事情嗎？」

徐筠笑笑說：「南哥，怎麼了？」

蘇南說：「別騙我了，你都這麼大了，從來就沒嫌自己胖過，說什麼減肥，騙人！」

徐筠眼圈頓時紅了，說：「南哥，我是不想在老爺子面前說這些事，怕老爺子爲我擔心，我減什麼肥啊，我是被人欺負了。」

蘇南見徐筠楚楚可憐的樣子，知道這一次她肯定是被人欺負得不輕。其實徐筠的個性是很開朗的，小事不會這樣。徐父是蘇老爺子一個忠心耿耿的部下，徐筠小時候就常被她父親帶到蘇家來玩，蘇南把她當做親妹妹對待。看徐筠這個樣子自然很心疼。

蘇南很想知道徐筠究竟發生了什麼事情，可是門口不是說話的地方，就說道：「去我公司吧，把事情說給我聽聽。」

徐筠就和蘇南一起去了振東集團，在蘇南的辦公室，徐筠把最近一段時間發生的事情一五一十的跟蘇南說了。

講完經過之後，徐筠說：「我現在才發現這個董昇跟我交往的同時，竟然同時還跟十幾個女人有聯繫，虧我還對他那麼好。南哥，我這次是做了一個大傻瓜，真心想要對那個王八蛋好，被他耍得團團轉不說，還被看得一文不值。」

從私家偵探小黃那裏看到了董昇跟那麼多女人在一起的照片，徐筠就明白自己被玩弄了，這麼多女人絕不是一下子就上手的，肯定董昇跟她們早就私下來往了一段時間了。

蘇南知道董昇跟徐筠交往的事情，十分憤慨的說：「這個董昇怎麼這麼差勁啊，崔波怎麼介紹了這麼個傢伙給你？這傢伙也不是個東西，上次見了我，連提都沒提這件事，好像沒事人一樣。」

徐筠說：「崔波跟董昇是一丘之貉。也怪我，當初沒有看清董昇的真面目，被他那些溫柔的小伎倆給騙了。我現在想想，他根本就是想玩弄我，才那麼拼命的追我的。南哥，你說我的命是不是很苦啊，怎麼老是遇到這些不靠譜的男人呢。」

蘇南安慰說：「徐筠，你別把責任往自己身上攬，這是那些男人不好，不關你的事。你別這麼自怨自哀了，沒事到處走走，要不出去旅遊散散心也好。」

徐筠忿忿地說：「不行，我這口氣咽不下去。」

蘇南說：「既然已經分手了，你就讓這件事情過去吧，別往心裏去，氣壞了身子就不值得了。」

徐筠看了看蘇南，道：「南哥，我什麼時候受過這種欺負啊？你能不能幫我出口氣啊？」

蘇南問說：「你想怎麼出這口氣啊？揍他一頓？」

徐筠冷笑一聲，說：「揍他一頓太輕了，我和一幫姐妹已經揍了他一頓了，我想整他一下，讓他這輩子都記住女人是不能隨便玩弄的。」

蘇南笑了，說：「徐筠，你已經揍過他了？沒想到你還是像當年那麼潑辣啊。」

徐筠苦笑了一下，說：「我就是這種性子，好惡分明，好就死心塌地，恨起來則恨不得咬他一塊肉下來才解恨。」

蘇南問說：「那你想怎麼辦？」

徐筠說：「我現在也不知道該怎麼辦，所以才問你啊。」

「現在沒人管這種風流事了，頂多說他一聲道德敗壞。你們又不是夫妻，就更沒有什麼約束力了。」蘇南說。

「那我這個氣就白受了？」徐筠不甘心地說。

「算了吧，好男人多的是，再找吧。」

「不可能的，南哥，有件事情我想問你，你跟那個崔波是怎麼一個關係？」

蘇南說：「也沒什麼特別關係，因爲我們集團有些審批才認識的，怎麼了，你問這個幹什麼？」

徐筠說：「我動董昇恐怕會牽連到崔波，我是怕對你有什麼妨礙。」

蘇南笑了，說：「對我倒是沒什麼妨礙，我跟崔波之間的往來都是可以放在臺面上的。不過崔波這個人還不錯，是不是不要牽連他？」

徐筠說：「只要不妨礙你，其他的我就不管了。」

蘇南看看徐筠，說：「你想要做什麼？」

徐筠說：「董昇自以爲聰明，以爲有些事情我不知道，其實我也不傻，他跟崔波之間玩的那些貓膩，我心裏都清楚。等著吧，我會讓他看看究竟誰才是真正的傻瓜。」

「你一定要這麼做嗎？」蘇南說。

「不做不行，不然的話，我無法跟自己交代。南哥，你要幫我嗎？」徐筠說。

蘇南搖搖頭說：「這件事情牽涉到朋友，我沒辦法幫你。」

徐筠諒解道：「沒關係，其實我自己也能解決，只是南哥，這件事情你不准跟別人說。」

「我保持中立就是了。」蘇南說。

高豐找到了董昇，雙方談了情況，很快就達成協議，董昇代理百合集團辦理併購審批的一切程序，高豐則付出了一筆高昂的代理費。

在董昇的協助下，文件很快就遞進去了，隨即董昇就讓高豐安排酬謝的餐宴，於是由高豐做東，邀請了董昇和崔波做客，崔波帶了商務部一個副處長來，姓李，介紹說正是分管審批高豐要辦理併購事宜的人。

這是關鍵人物，高豐自然是極力奉承，酒宴進行得十分熱鬧。

酒至酣處，崔波已經有些醉意了，摟著李副處長的脖子，說：「高董這個人是很夠朋友的，他的事情就是我的事情，你知道嗎？」

李副處長也面紅耳赤的，呵呵笑著說：「崔司長，我當然知道了，你放心，高董的審批我一定儘快辦理。」

高豐在一旁說：「那我就謝謝兩位了。」

崔波搖了搖頭，說：「不行啊，絕對不行，不能儘快辦理。」

李副處長愣了一下，說：「我不明白，崔司長你想怎麼辦？」

崔波說：「不是儘快辦理，而是馬上辦理。」

李副處長點了點頭，說：「好，我聽崔司長安排。」

高豐就舉起了酒杯，說：「兩位對我們百合集團的關照我十分的感激，來，我敬各位一杯。」

三人碰了碰杯，一口將杯中酒喝乾了。

隨即高豐的併購申請就批覆了下來，三家洗衣機廠重組成一家新的洗衣機集團。

高豐剛忙完集團公司掛牌事宜，就接到了崔波的電話：「高董啊，你現在在哪裡啊？」

高豐笑笑說：「我在辦公室啊。」

崔波說：「那你等我，我一會兒就過去。」

過了一會兒，崔波趕到了高豐的辦公室，一進門就說：「恭喜高董了，洗衣機集團公司正式掛牌。」

高豐笑笑說：「同喜同喜，這還要感謝崔司長的幫助啊，沒你們的協助，這個集團公司沒這麼快籌組成功。」

崔波笑笑說：「高董客氣了，我們只是幫了點小忙而已。」

高豐忙把崔波讓到沙發那裏坐下，問：「崔司長跑來找我有什麼事情嗎？」

崔波笑笑說：「真是不好意思開口，我有點小事要麻煩一下高董。」

高豐立即說：「客氣什麼，大家都是朋友，有什麼事情儘管說。」

崔波說：「是這樣，我最近買了一套房子在裝修，原本準備了裝修的預算，沒想到實際裝修下來，預算遠遠不夠，唉，誰知道現在的裝潢材料這麼貴啊。高董啊，你能不能先借我一點錢應應急啊？」

崔波擺明了是要打抽豐的意思，高豐心裏暗罵他貪心不足，爲了這個審批的案子，他已經付出了高昂代理費用了，這傢伙竟然還是不滿足。

不過，高豐也不想得罪崔波，自己長期進行資本運作，難保將來什麼時候還會用到他，而且自己也不在乎這一點小錢，高豐就站了起來，去辦公桌拿了一張銀行卡過來，放到崔波面前，笑著說：

「崔司長，這我就要說你了，你真是見外，要裝修也不事先跟我說一聲，讓我想盡點心意都不行。借什麼借啊，大家都是朋友，你有急用就拿著用吧。」

崔波惺惺作態的說：「別別，還是算我借的，有了錢我馬上就還。」

高豐臉板了起來，說：「你再說還，我就不當你是朋友了。」

崔波笑了，說：「那就謝謝高董了。」說完，就將銀行卡收進了衣兜裏。

辛傑到海川市政府開會，會議完了，徐正讓辛傑留下來一下，辛傑便跟著徐正去了辦公室。

坐下之後，徐正問辛傑：「老辛啊，你們怎麼回事啊，原來不是說海通客車的資金進來，就要引進設備的嗎？怎麼一直沒什麼動靜啊？」

辛傑說：「這個嘛，徐市長，我前些日子問過百合集團，說是高豐董事長一直在考察，看看要引進哪一個國家的設備比較好，現在考察還沒有定論。」

徐正看了辛傑一眼，說：「是這樣嗎？怎麼引進設備進展這麼緩慢啊？反倒是房地產開發進行得如火如荼。老辛，你要有所警惕啊，現在有人說，百合集團是想借合作之名，行房地產開發之實。你不要讓百合集團擺了我們一道。」

辛傑解釋說：「徐市長，事情不是這個樣子的，不錯，房地產方面確實是進行得很迅速，不過，這也是因爲市裡對汽車城項目的支持，所有的審批一路綠燈的緣故。而且汽車城項目發展起來，也是有利於汽車生產的。這個跟引進設備是不能相比的，汽車城項目都是在本地，我們可以主導，而引進設備牽涉到國外的廠商，必須認真考察斟酌才能確定，因此他們的進展速度肯定是不一樣的。」

徐正懷疑的看了看辛傑，說：「老辛，你怎麼現在處處爲百合集團辯護啊，你可要清楚，你是海川方面的人，要站在海通客車的立場上考慮問題。」

辛傑被徐正看得心裏有些發毛，他現在已經被高豐徹底收買，完全站到百合集團一面去了，說話潛意識中自然而然就爲百合汽車辯護起來。

辛傑強自鎭靜地笑笑，說：「徐市長，您放心，我清楚自己應該怎麼做。可是事實確實如此，要引進設備確實需要一段考察時間，而且，目前經營權在百合集團手上，我也不好太多干預對方。」

徐正不高興地說：「我不是讓你去干預對方，而是要你去監督對方履行他們的承諾。老辛啊，你要清楚，百合那邊是商人，唯利是圖的，他們不一定真是想要幫我們發展海通客車，你要打起十二分的精神監督他們，小心讓他算計了我們。」

辛傑立即說：「我明白，我會監督好他們的。」

徐正不知道他想用來監督這個項目的人，實際上是第一個被收買了的人，用趙本山趙大叔的話，貓都給老鼠做三陪了，又怎麼能期待貓再來抓老鼠呢？

這也是國營企業的弊端之一，下面員工甚至領導階層對所屬企業並沒有一種高度的忠誠感，因爲他們並不是企業真正的所有者，就算他擔任企業的最高領導，那也不過是他的職業，一種謀生的方式而已。在遇到被收買的狀況下，他們自然很容易從自己的利益出發，很容易就出賣自己所在的企業。

徐正說：「老辛啊，這個合作項目是我們共同帶給海川的，我希望它能幫海川市解決海通客車這個難題，而不是被別人想方設法利用這個項目賺取利益。在這件事情上，我和你是在同一條船上，所以我希望你盡心盡力的維護好這個項目，爲海川市做出點成績來。」

辛傑說：「徐市長您放心吧，我瞭解您的心情，一定會盡心盡力做好這個項目的。」

「希望是這樣。我到海川來的時間還不長，對同志們的認識還不是太深，但是我對你是很欣賞的，你在這個合作項目上是貢獻了一份力量的。現在外面有人在說，你是我徐正的人馬，雖然我不是很喜歡別人在我背後說三道四，但我並沒有否認這個說法，我覺得只要是能幹事的人，都是我徐正的人馬，我都願意給你們提供必要的庇護。我也不怕別人說我拉幫結派，只是你也要拿出點成績來給我看，不要讓我失望。」徐正語重心長地說。

徐正這是在拉攏自己了，辛傑有點受寵若驚，立即感激地說：「徐市長，感謝您這麼信任我，我一定不會辜負您的期望的。」

徐正拍了拍辛傑的肩膀，說：「好好幹吧。你回去催一催高豐，別談判的時候說得好好的，真要落實起來卻推三阻四。」

辛傑連連點頭，說：「好的，好的。」

辛傑轉身離開了，徐正表情複雜的看著辛傑的背影。海通客車和百合集團合作，是他接任之後交出的第一份政績，他原本期望這次合作能結出豐碩的成果，讓海通客車煥發生機，偏偏高豐入主海通客車之後，只是大搞房地產的事，對海通客車真正想要的引進設備、更新換代產品遲遲不能落到實處。

市裏已經開始有人對此有意見了，一些風言風語在四下流傳，有人說，原本曲煒在海川擔任市長的時候，對百合集團是心存疑慮的，經過幾次談判，曲煒都不肯跟百合集團達成合作協議，就是因為百合集團不可信。而徐正卻一上任馬上就跟百合集團達成協議，是因為高豐私下給了徐正很豐厚的賄賂，讓徐正在不詳細審查合作的具體細節的情況下，就跟百合集團達成協議。

雖然協議表面上看對海通客車很有利，實際上卻是有陷阱的，特別是對百合集團的約束力並不大，而且徐正只是想要一個表面上很有利的政績，並沒有真正的想要把這個協議落實到實處去。徐正受了豐厚的賄賂之後，就跟百合集團達成了某種程度的默契，不然的話，百合集團也不會在進駐之後，只是大搞房地產，對引進設備隻字不提，而徐正對此則是睜一隻眼閉一隻眼，根本不去管它。

徐正聽到這個小道消息，當時並沒有一分在意，他自己當然清楚沒收過高豐的賄賂，心說我行得正就不怕你們瞎說，等海通客車搞出了成績，這些瞎說的人自然會閉上嘴。

但過了一段時間之後，徐正慢慢就發現有點不對勁了，他想要的新局面遲遲沒有出現，反而真的有點像外面人所說的，高豐只是在大搞房地產，不肯對海通客車的生產帶來實質性的改變。他開始對百合集團真正的意圖產生懷疑。

徐正覺得不能任由這種局面發展下去，特別是孫永在會議上也提出了這個問題，孫永說：「海通客車跟百合集團的這次合作是不是有什麼問題啊？要發展房地產我們自己不會發展嗎？爲什麼還要把好好的一個優質地帶讓百合集團拿著大發其財啊？」

孫永在說這番話的時候，眼睛一直看著徐正，讓徐正心裏很不舒服。

不過事實也確實如此，徐正對孫永拿這個來攻擊自己無法正面反擊，只是爲百合集團做了一些辯解，說需要給百合集團一點時間來改變海通客車，同時，房地產是能最快帶來效益的，有利於海通客車走出現在的困境。

雖然這麼說，徐正自己心裏都不相信，他對百合集團下一步會怎麼做，心裏一點數都沒有，可別讓百合集團撈了一筆錢就跑掉了，到那個時候，這不但不會是政績，反而是自己仕途中很大的一個敗筆了。

於是徐正特別把辛傑留下來，在對合作進展提出質疑的同時，也適當的拉攏一下辛傑，把辛傑歸於自己的人馬，讓辛傑趕緊回去督促百合集團履行當初的承諾。

辛傑倒是表現出一副受寵若驚的樣了，表示一定會好好督促百合集團，可是這傢伙真的能讓高豐行動起來嗎？徐正心裏打了一個問號。

但是讓徐正更擔心的一點是，辛傑可別被孫永拉攏了去，如果出現這種局面，辛傑和孫永萬一聯合攻擊自己，那時怕自己很難承受。因此拉攏辛傑是必需的。

辛傑回到海通客車，就立刻打電話給高豐，說：「高董，你是不是可以啓動引進設備這一塊了？現在上上下下都在看著這一點，你到底要拖延到什麼時候啊？」

高豐笑笑說：「這個嘛，你先別急，事情要一步一步去做，關於引進設備我還沒完全考慮好。」

辛傑說：「這是你當初給海川方面的承諾，當初談判的時候你就應該心中有數了，怎麼到現在還沒考慮好呢？高董啊，你再這樣故意拖延下去，我很難做的。」

高豐應付說：「這不是形勢發生了很大的變化了嗎？在商場上，我們是要順應形勢變化的，再說，考慮全面一點，也有利於企業的發展不是嗎？這些都是早晚都要做的事，你這麼急幹什麼？」

辛傑著急說：「我能不急嗎，今天我們市長特地把我留下來，就是跟我談這件事情，他已經覺察出這裏面有問題，並且對你們百合集團真正的企圖有所懷疑了，叫我督促你們儘快履行承諾。你這樣再拖延下去，我很難交代的。」

高豐不耐煩地說：「好啦好啦，我會認真考慮這個問題的。」

辛傑催促道：「你儘快吧，這個問題暫且還可以放一放，你挪走的那一億資金什麼時間可以還回來啊？我跟你講，雖然那個沈荃還不知道這件事情，可是一旦他跟銀行一對帳，資金被挪走這件事馬上就會暴露出來的。到時候我可是遮掩不了。」

高豐說：「你別急嘛，我這邊還需要用一段時間，既然你現在能控制著讓沈荃不知道這件事情，那就繼續嘛。」

辛傑驚叫一聲：「你還要用一段時間啊？你這樣怎麼行？我現在天天都在擔心這件事情，吃不好睡不好的。」

高豐笑說：「老辛啊，其實你大可不必這麼擔心，你想，誰會想到一億資金會被挪走啊？都很自然地認爲沒有人有這麼大的膽量，自然也就不會有人想到要去查這個帳，所以你真的沒必要擔心。」

辛傑苦笑了一下，說：「你別自以爲得計了，這是雪裏藏死屍，一見陽光就會暴露出來的。」

高豐笑笑說：「好啦，好啦，我一定儘快把錢還回去的。」

辛傑說：「我跟你講，這件事情如果暴露了，我倒楣了，我一定不會放過你，到時候，要死我也會拖著你一塊死的。」

高豐笑笑說：「好啦，好啦，我會儘快想辦法還回去的。」

辛傑狠狠扣了電話。高豐的耳朵被震了一下，趕忙把話筒放了下來，心說辛傑這傢伙就是沒膽量，一億就把他嚇成這個樣子，百合集團滙入海通客車的資金都是我從別的公司挪過來的，我還沒睡不著覺呢。再說，你以爲我的好處是那麼好拿的啊？你擔這點驚也是應該的，不然你摟著美女睡覺，兒子在國外風光的留學，還要無憂無慮，好事豈不是都是你一家的啊？

再是，其餘進入海通客車的資金也需要早一點挪出來，那麼大一筆資金放在那裏，每天就是利息也損失很大一筆錢的。可是以目前這個狀態，再讓辛傑把錢轉出來似乎不太可能了，這傢伙挪出一億來已經嚇得睡不著，再讓他全部都轉出來，豈不是要嚇死他？

看來需要想一個別的辦法了，可是想個什麼辦法呢？高豐開始思量，要有一個說得過去的理由，要讓海川的人都相信這是爲了他們好，是爲了發展海通客車而實施的舉措。

對呀，海川市不是催著自己幫海通客車引進設備嗎？那就在這上面做做文章好了。

他們想要什麼就給他們什麼，索性就成立一家公司，讓海通客車委託這家公司幫他們引進設備，相信有辛傑的配合，這個計畫一定能夠得以實施，到時候資金就匯進這家公司，回頭再來想辦法讓這家公司出點什麼破產之類的問題，那資金不就回來了嗎？

高豐想到這裏，臉上泛起了邪惡的笑容，他都有點佩服起自己來了，心說自己不愧是資本運作大師，這麼高超的計謀都想得出來。

眼下當務之急，就是趕緊找到或者組建起一家這樣合乎需要的公司來，然後再把這家公司帶到海通客車面前。你們不是要引進設備嗎？那我就滿足你們的要求。只是到時候如果引進失敗了，那就不是我們百合集團單方面的責任，而是大家共同的責任了，到那個時候，我的資金抽回來了，還賺了一個海通客車的股份。

現在看來，在這個看上去各方都得利的雙贏合作中，合作的各方其實是各懷鬼胎的，他們想的和做的，跟他們在臺面上說的大相徑庭，每個人都想做捕蟬的螳螂，都在覬覦對方，企圖獲取最大的利益。

只是沒有人知道，在背後默默看著這一切的老天爺是怎麼想的，他會讓這些人的計謀得逞嗎，還是挫敗他們？當然，這一切只有天知道了。

奇門遁甲

「你遠道來一趟也不容易，看你的誠意份上，我用奇門遁甲幫你推演一下。」

老人就開始推算起來，最後得出一個陽三局、甲辰壬、天柱星值符、驚門值使。孫永不懂這些，感覺神秘的同時，趕忙要老人解釋一下。

命運的詭異就在於在結果沒有出來之前，人們都不知道命運下一步的發展，每個人都在按照他們自己預想的去做，去推動自己命運往他們設想的目標去前行。只是他們各自有各自推動的方向，各方的力量到了一起，會形成一個新的合力，這個新的合力會讓命運的轉盤發生偏轉，最終偏離他們預想的目標。

命運就是這樣前行的，人們大多事先並不清楚其最終的結果，可是又渴望命運按照自己的預想去發展，這也就是很多人渴望找到某某大師們幫他們解析人生的一個重要緣故。人們都想搶先一步知道自己未來的命運發展，趨利避害，好對自己的行爲早作安排。

尤其是仕途中人，每個人都想往上爬，又都怕被別人算計，一旦有人說某某大師能預知未來，而且經過驗證還很靈驗，眾人趨之若鶩就再正常不過了，這也是王畚王大師忙碌的原因。

傅華因爲孫永交代了要見王畚，幾次找趙凱約王畚，可是王畚在外地的事情一樁接一樁，往往剛在某地給人解析完，又被另一地的人給奉請了去，回京的日子一再拖延，急得孫永都有些不耐煩了。

「七碗茶」茶藝館中，徐筠和私家偵探小黃又坐在了一間雅座裏，小黃將一疊照片遞給了徐筠，說：

「徐姐，按照你的吩咐，我又跟蹤了一段時間這個叫董昇的傢伙，這是你要的照片。」

徐筠接過照片，看了看，上面都是董昇和崔波一起喝酒之後離開酒店的照片，照片裡幾個男人喝得面紅耳赤，相互之間勾肩搭背，顯得十分親熱。

小黃說：「那些出現在照片裏的男人都很有來頭，我已經查出他們的背景，資料都給你準備好了。不過有點遺憾的是，找不能進到他們的包廂內，所以他們在酒店裏面的情形我沒辦法拍到。」

說著，小黃又將幾頁資料遞給了徐筠，徐筠看看上面所寫的內容，點了點頭，笑著說：「這樣已經不錯了，小黃，你的資料查得很充分，我很滿意，謝謝了。」

小黃笑笑說：「徐姐客氣了，我們是靠這個吃飯的，當然要把工作做好一點，客人滿意，我們的生意才會更好啊。」

徐筠笑笑說：「你這傢伙真會說話，好啦，尾款給你。」

徐筠拿出錢包，點了一疊錢給小黃，小黃把錢接了過去，看了看徐筠，說：「徐姐，我有點不明白，你要這幾個男人在一起喝酒的照片有什麼用啊？」

徐筠看了小黃一眼，小黃笑笑擺擺手說：「算了，算了，我不應該問這個的，徐姐你就當我沒問。」

徐筠笑了，說：「好奇心可是能害死人的，尤其是做你這一行的。」

小黃說：「是，我不問了，徐姐，你如果沒別的吩咐，我先走了。」

徐筠點了點頭，沒說什麼，笑著看小黃離開了。

小黃離開後，徐筠並沒有馬上就結帳離開，她一邊品著茶，一邊一張張看著照片，照片上的董昇笑得很恣肆，似乎在譏諷徐筠說，你看沒有你，我過得多寫意啊。

徐筠牙咬了起來，說：「董昇啊，你就笑吧，我看你能笑到什麼時候。」

傅華正在辦公室，接到了趙凱的電話。

趙凱說：「你跟你們孫書記說一下，王大師明天回京，這次會在北京住一個月左右，你看孫書記什麼時候能過來？大師說了，你們約了很長時間了，他很爲孫書記的誠意感動，會盡量依你們的時間安排他的行程。」

傅華說：「太好了，總算排上了，您不知道，孫書記催了我很多次了。」

趙凱說：「那你趕緊彙報吧，孫書記確定時間後，你馬上告訴我，我讓王大師做好安排。」

傅華就趕緊打電話給孫永，孫永聽完很高興，說：「大師總算回來了。」

「那孫書記您什麼時候可以到北京來？」傅華問。

孫永說：「我把事情安排一下，明天就飛北京，你跟大師說，我後天就去拜訪他。」

傅華沒想到孫永會這麼急促，看來孫永盼這一天也是盼了好些日子了，便說：「好的，我馬上去安排。」

傅華就跟趙凱把情況說了，趙凱跟王畚通了電話，王畚同意在後天見孫永。

第二天，傅華到機場接到了孫永和他的秘書馮舜，將他們送到酒店住下。孫永問傅華：「小傅，一切都安排好了嗎？」

傅華點了點頭，說：「安排好了。我明天早上過來接您去王大師那裏。」

孫永說：「明天你一個人過來就行了，要注意保密，知道嗎？」

「我明白。」

第二天一早，傅華接了孫永和馮舜，與趙凱會合，一起來到京郊一戶四合院，敲門之後，一個五十歲左右的男人出來開了門，看到趙凱，立即笑著說：

「趙董來了。」

趙凱說：「我是帶幾位朋友來見大師的，你爹在家嗎？」

原來這男人是王畚的兒子，他笑著說：「我父親已經在等著你們了。」

男人就領幾個人進了屋，在正屋的客廳裏，一個鬚髮皆白、面色紅潤的的老人坐在那裏，粗眼看過去，也看不出這老人多大歲數，反正是給人一種鶴髮童顏的感覺。

老人見眾人進屋，便站了起來，雙手合什，說：「幸會，幸會。」

眾人也雙手合什算是回禮。

趙凱看著老人，笑說：「大師啊，睽違已久，您還是風采依舊啊。」

老人笑笑說：「趙董也還是那麼年輕啊。」

趙凱便介紹說：「這幾位是我的朋友，這位是孫永先生，這位是馮舜先生，這位傅華是我的女婿。」

趙凱沒有說明孫永和馮舜的身分，是怕孫永有所忌諱，他跟老人只說自己幾個外地的朋友慕名要向他求教，並沒有講明孫永市委書記的身分。

老人跟孫永握了握手，孫永笑笑說：「專程求教於大師，還請大師多加指點。」

老人笑說：「指點不敢，老朽只是對易學略有研究，倒是可以跟孫先生相互參詳一下。」

老人又跟馮舜握了握手，然後上下打量了一下傅華，對趙凱說：「令婿一表人才啊。」

趙凱說：「大師有空也可以指點他一下啊。」

「令婿雖然少年坎坷，雙親緣薄，但天資聰穎，加上很孝順，這種人是受天意眷顧的，趙董不必擔心，就是有什麼，也會逢凶化吉的。」老人笑笑說。

傅華雖然聽老人講了他少年坎坷，雙親緣薄，很符合他的情況，可是他結婚的時候已經找過這老人擇過日子，心想趙凱肯定把自己的情況跟老人說過，因此就不覺得有什麼，反倒認爲老人在眾人面前故意說出這些，是做一個幌子出來，好讓其他人相信他。

傅華便笑笑說：「大師，我還沒謝謝你當初幫我擇的吉日呢。」

老人笑說：「客氣了，小夥子。」

趙凱似乎並不甘心老人對傅華就說這麼兩句話，又問道：「那大師啊，傅華今後需要注意些什麼嗎？」

老人笑笑說：「趙董，兒孫自有兒孫福，你就別操太多心了。」

趙凱說：「我知道大師惜字如金，不過今天適逢其會，您就指點他幾句吧。」

老人便說：「趙董啊，不是老朽不肯說，實在是有些話是需要說給相信的人聽的，不相信的話，說了也沒有用，令婿嘛，呵呵。」

傅華愣了一下，心說這個老人眼睛倒很銳利，竟然看出自己對他不很相信。他有些尷尬地笑了笑，趕忙轉移話題說：

「大師啊，今天是我們這位孫先生專程前來求教的，勞煩您給他好好看看。」

孫永滿臉期望的看著老人，說：「大師，我是誠心求教，還望指點。」

老人看了傅華一眼，搖搖頭，這才指了指八仙桌旁的太師椅，說：「孫先生請坐。」

孫永就過去坐了下來，老人在他對面的座位坐下，問道：「先生可知道自己的生辰八字？」

孫永並不言語，而是用眼看了看馮舜、傅華、趙凱。

趙凱是多聰敏的一個人，馬上就明白孫永不想讓三人知道算命的過程，尤其是老人如果說了孫永心底的機密，不但孫永會尷尬，怕是在座的人都會尷尬。

趙凱便看看老人的兒子，笑說：「我記得你們的廂房內掛了幾幅畫還不錯，是不是可以帶我們去看看？」

老人的兒子也清楚這種情形，便立即說：「既然趙董想看，那我們就去看一下吧。」說完，就帶著三人去了廂房。

孫永看眾人都離開了，這才跟老人說了自己的生辰八字，老人聽完，伸手掐算了一下，說：「先生好命格啊，如果我推算的不錯，先生當爲腰金衣紫之人。」

孫永愣了一下，他知道這個腰金衣紫是指什麼，古人腰帶金印，身穿紫袍，是做大官的打扮，自己現任市委書記，相當於古時候的四品知府，確實算是腰金衣紫之人。不過，孫永很懷疑是趙凱事先跟老人講過這些，便看了看老人，疑惑的問道：

「難道趙董跟您介紹過我的身分？」

老人搖搖頭說：「趙董只說先生是他一個很重要的朋友，要我一定好好幫先生推算一下，沒提過先生的職業。雖然趙董的朋友非富即貴，可是他並沒有講您是做官的。我是從先生的命格中推算出來的，先生的命格叫炎上格，《淵海子平》中對此有解說，炎上者，火之勢急，又得火局，渾然成勢。火爲文明之象，值此者當爲朱紫之貴，非尋常之命也。」

孫永也有些古文功底，大致還能聽得明白老人的意思，就是說有這種命格的人，是做官的命，並非常人。不過這麼說有些過於簡單了，孫永有點不太滿意。

「大師，您是否能詳細的講解一下？」

老人說：「你這命格是火命，極爲純正，烈火熊熊，其炎沖天。從命格上看，你是少年得志，起運在東方，助起火勢，成就你今天的局面。你的旺地是在東方。」

東海省是在中國的東部，孫永到目前爲止還沒出過東海省任職，老人說他起運在東方，助起火勢，成就目前這個局面，這倒是很符合事實。

老人接著說：「你的命格既然屬火，應忌水和金。」說著，老人就將未來有金和水的年份點了出來，要孫永多加注意，遇到這些年份，可能會生禍患。

孫永認真地將這些年份記了下來，然後問道：「大師，你說我有沒有再上一步的可能啊？」

這才是孫永真正關心的，他這麼急著要見大師，就是想問清楚自己未來有沒有再進一步的可能，有的話當然很好，如果沒有，可不可能做做法之類的，轉變一下。

老人看了一下孫永，笑笑說：「你想要求仕途上的進步？」

孫永點了點頭說：「對對，您幫我推算一下。」

「好吧，你遠道來一趟也不容易，看你的誠意份上，我用奇門遁甲幫你推演一下。」

老人就開始推算起來，最後得出一個陽三局、甲辰壬、天柱星值符、驚門值使。孫永不懂這些，感覺神秘的同時，趕忙要老人解釋一下。

老人分析說：「日干丁爲己落兌宮，壬含八分甲，二分爲動，爲運作；時干丙落震宮，時干艮宮臨蛇，主事雖然會有變數，但生兌宮對先生有利。對手月干己落坤宮，與艮宮對沖，又臨馬星，可見對手活動頻繁，力度很大，但目前形勢混亂並不清晰；值符落宮暗干見丁，爲大勢助於我。縱觀全局，所求之事，對先生有利。」

老人說的都是很專業的術語，說了半天，孫永還是一頭霧水，便笑笑說：「大師，能否說得淺顯一點？」

老人笑了笑說：「老朽光顧著自己明白了，抱歉。是這樣，從這個陽三局上看，先生所求之事目下形勢還不明朗，不過先生目前所處的位置很好，形式上對先生是很有利的。」

孫永想想確實也是，目前程遠離任雖然已成定局，可目前仍在位上，整個東海政壇的調整還未發生，形勢屬於明朗前的混沌期。但自己擔任市委書記之職，這個位置在目前的形勢來看確實很有利，一旦省級領導出現空缺，市委書記是第一順位可以接替的位置。

老人看孫永不說話，接著說：

「不過，雖然形勢很好，也有不利於你的地方，天柱星值符，驚門值使，都不是很好。天柱星形謹守宜。不須遠出反營爲。萬種所謀皆利益。遠行從此見災危。天柱星，屬金，小凶，凶星乘旺相氣愈凶。驚門居西方兌位，屬金。正當秋分、寒露、霜降之時，金秋寒氣肅殺，草木面臨凋敝，一片驚恐蕭瑟之象；又兌卦爲澤，爲缺，爲破損；又兌主口，主口舌官非，故古人將此門命名爲驚門，與東方震宮傷門相對應。驚門屬金，旺於秋，特別是酉月，相於四季月，休於冬，囚於春，死於夏。驚門也是一凶門，主驚恐、創傷、官非之事。適宜鬥訟官司、掩捕盜賊、蠱惑亂眾、設疑伏兵、賭博遊戲，其餘事不可爲。你看天柱星和驚門都屬金，又與你的火命相沖剋，這是很不利於你的地方。」

孫永一聽有些慌了，忙問：「大師，可與我有妨礙嗎？」

老人解釋說：「妨礙是有的，不過大勢有利於你，對你的影響不會太大。不過還是提醒先生，有些人和事是要注意的，行謹守宜，不要遠行。」

孫永明白行謹守宜，不要遠行的意思，可是王畚說了有些人和事要注意，那是什麼人和事是需要注意的呢？便問道：

「大師，能不能幫我點出什麼人和事是需要注意的？」

老人神秘的笑了笑，說：「這個不能說。」

孫永心裏越發好奇，追問道：「大師，你就指點一二吧。」

老人還是搖了搖頭，說：「真的不好說。」

孫永以爲這老人是在賣關子，通常算命的都會這樣，故意做出一副爲難的樣子，好逼著來求教的人多奉獻一些財物。孫永來之前也對此有所考慮，於是他拿過自己的手包，從中拿出了一萬塊錢，推到了老人面前，說：「還請您指點指點。」

老人笑了，將一萬塊錢推了回去，說：「先生誤會了，我不是這個意思，實在是我不能說。」

孫永只好說：「那大師，我這麼遠趕來求教，你總得給我一點指示吧？」

老人說：「好吧，看先生確實很有誠意，我送你一個字，不過，這個字先生懂不懂，得要看自己的悟性了，我不能再幫你解說了。」

「行，就請大師賜字。」孫永說。

老人伸出一個手指，在茶杯中蘸了一下，然後在八仙桌上橫平豎直的寫了五劃，孫永一看，是一個「正」字。

他腦海裏想過來想過去，也想不明白這個正字有什麼深刻的含義，看了看老人，老人也只是看著他，微笑不語。

老人已經有言在先了，孫永就不好再問這個正字究竟有什麼深刻的含義，他想了想，說道：

「大師，我聽朋友說，您這裏有一種道家的秘法，可以幫人脫離困局，轉變命運，既然目前我還是有些小妨礙，您能不能幫我也實行一下，解除掉這些妨礙啊？」

老人笑說：「怕是不行，你說的是道家的斗轉星移大法，可以將一個人的命運扭轉，實施起來是需要一定條件的，除非被施法的人困窘到一定程度才行。就先生目前的局勢來看，人勢對您是有利的，難道您想扭轉成不利的嗎？」

孫永愣了一下，說：「那當然不要，就不能微調一下？」

老人搖了搖頭，說：「那是不行的，不過先生也不必太過擔心，記住我今天跟您說的話，行謹守宜，不要遠行，還有注意這個就行了。」

說話間，老人特別點了點桌上的那個正字，似乎這個字很重要，干係到了孫永未來的發展。

點完了桌上的字，老人閉上眼睛不再說話了，一副十分疲憊的樣子，似乎剛才這一番推演已經耗盡了他全部的精力。孫永看看老人，知道再坐下去也不能從老人口中獲得什麼指點了，便笑笑說：「那日後再來向大師請益吧。」

老人睜開了眼睛，指了指桌上孫永沒有收回去的一萬塊錢，說：「這個拿回去吧，我跟趙董之間是朋友相交，先生如果要留下這個就有點俗了。」

孫永笑笑說：「大師，這是我的一點心意而已。你就收下吧。」

老人搖了搖頭，說：「老朽不過跟先生探討了一下易學而已，也許對先生有所助益，也許沒有，錢是萬萬不敢收的。」

孫永笑笑說：「大師客氣了，我受益匪淺。這個……」

老人沒等孫永把話說完，便打斷他的話說：「先生，這個我肯定不收的，您收起來，我要去看看趙董了。」

老人說著，便站起身往廂房走，孫永見老人確實沒有收錢的意思，只好把錢又裝回手包裏，跟著老人一起進了廂房。

趙凱正和馮舜、傅華以及老人的兒子閒聊，看到老人和孫永走了進來，趙凱便說：「談完了？」

老人點點頭，趙凱看了看孫永，問道：「孫先生還滿意嗎？」

孫永笑笑說：「很受啟示。謝謝趙董帶我過來。」

趙凱笑笑，說：「孫先生客氣了，那大師，我們要離開了，孫先生今天下午還要趕飛機回去。」

孫永這次的行程是臨時安排，他這個市委書記不可能離開海川市很長時間，因此需要趕緊回去。

老人說：「既然孫先生行程很趕，我就不留你們了。」

一行人就往外走，老人將他們送到了門口，孫永和趙凱等人回頭跟老人告別，揮手示意，算是告辭。

眾人上車就要離開，老人忽然叫了一聲：「趙董，你先留一步，我有幾句話要說。」

趙凱疑惑的又下了車，走近老人，老人往門裏走了幾步，說：

「這幾句話是關於令婿的，據我看他的面色，印堂處隱隱有一道黑紋，我略微推算了一下，他近期可能會受一點磨難，不過應該沒什麼大礙，你替我告訴他，只要他心定下來，應該沒什麼問題的。這話我本來是想跟他本人說的，可是你也看得出來，他對易學一道並不太相信，所以我想由你來告訴他更好一些。」

趙凱一聽傅華可能有事，便關切的問：「真的沒什麼嗎？」

老人點點頭說：「這一次是池魚之殃，受點驚嚇而已，令婿是福澤深厚之人，沒大礙的。」

趙凱問道：「有沒有辦法避免一下？」

老人說：「不行，禍事已成，不可能避免了。不過你放心，令婿只是被旁涉其中，最終會沒事的。」

趙凱有些歉意的說：「他對您這種態度您還幫他，真是謝謝你了大師，回頭我會說說他的。」

老人笑笑說：「對我什麼態度都無所謂的，這與令婿受的教育有關，教育讓他的人生觀不相信這些。不過令婿是一個爲人處世都很正直的人，這樣的人我很欣賞。好啦，趕緊走吧，那些人要等急了。」

趙凱再次表示了感謝，就上了車，離開了老人家。

中午，趙凱設宴宴請孫永，席間孫永一直在琢磨老人對他說的那些話，可是很多想不明白的地方，因此心思並不在喝酒吃飯上。

趙凱看出來孫永心不在焉，也就沒怎麼勸酒，宴席進行的就有些無趣。

孫永自己也察覺出來，散席的時候，歉意的說：

「趙董，很感謝你幫忙引見，又這麼盛情款待我，只是我這一次行色匆匆，急著趕回去，沒有心思跟你好好喝一喝酒，有些抱歉了。下一次我們見面不醉不歸，好嗎？」

趙凱笑說：「我明白，那孫書記，我們就相約下一次了。」

孫永跟趙凱用力的握了握手，說：「那就下一次了。」

散席後，看看時間也差不多了，傅華就要送孫永離開。趙凱交代說：「傅華，好好送孫書記，晚上你帶趙婷回家吃飯，我有事要跟你說。」

傅華答應了一聲，就開車送孫永和馮舜去機場。

一路上，孫永始終陷入沉思中，他還在琢磨王畚說的那些話，尤其是王畚寫在桌子上的那個字，這個正字當中究竟有什麼玄機呢？

這一切孫永只能自己一個人琢磨，他並不敢把這些說給別人聽，就算是平常時間很親密的馮舜也不可能說的。

晚上，傅華帶著趙婷回了趙凱家，吃飯的時候，趙凱回來了，看了看傅華，說：

「你最近跟什麼人做過一些不合法的事情嗎？」

傅華愣了一下，說：「沒有哇，怎麼了？」

趙凱說：「王大師說，看你印堂隱隱有一道黑線，他推算你最近可能有點麻煩。」

趙婷不高興地說：「爸爸，你就聽那個什麼大師的胡說，這不是在詛咒傅華嗎？」

趙凱斥道：「小婷，你懂什麼，大師這麼說，自然有他這麼說的道理。」

傅華笑說：「爸爸，他最後把你叫過去，就是說這個啊？」

「對，就是說這個，他覺得你不太相信他那一套，怕跟你說了你不當回事，因此讓我轉告你。他說這一次禍事已成，不過，你只是被牽涉在其中，並沒有你什麼事，只要心定就好。」

趙凱說：「大師實際上很欣賞你，他說你爲人做事正直。不管怎麼說，他總是好意，你最近小心些吧。」

傅華說：「這個老人真是有意思，明明知道我不信這些，偏偏又要來弄這套。」

傅華說：「好啦，我注意一下就是啦。」

趙凱說：「嗯。咦，怎麼今晚小淼還沒回來啊？」

趙婷的媽媽說：「他說工作上的事情多，在酒店吃飯了。」

趙凱奇怪地說：「這小子現在怎麼變得這麼認真積極了？傅華啊，你們海川大廈有什麼吸引小淼的地方嗎？」

傅華笑了，說：「我知道什麼地方吸引小淼，不過我不敢說。」

趙凱看了傅華一眼，說：「還有你不敢說的？好了，別賣關子了，快說。」

「呵呵，我們海川大廈倒不是有什麼比通匯集團更吸引小淼的，而是少了一樣東西才會吸引他。」傅華說道。

趙婷好奇地問：「少了什麼啊？」

傅華說：「少了爸爸對他的嚴格管教啊。」

趙凱呵呵笑了起來，說：「孩子大了，不喜歡我們這些做父母的念叨了。」

傅華說：「其實小淼做事挺積極認真的，可能爸爸對他管得太嚴了一點，有時候可能放手對他更好一點。」

「也許吧，好吧，他去了你那裏，我也算是放手了，看他能發展成什麼樣子吧。」趙凱無奈說。

傅華看出趙凱還是心有不甘的，看來人都有其不盡聰明的一面，趙凱在商場上叱吒風雲，看事情一向睿智，偏偏在子女教育上面顯得很失敗，兩個兒女都沒有很好的培養出對商場的興趣來。

週末，傅華被賈昊約出來打高爾夫，一起來的還有頂峰證券的老總潘濤。

傅華有些日子沒見賈昊了，賈昊現在忙碌得很，他的《秋聲》越發紅火，已經在全國十幾個大城市巡演過，受到了輿論的一致好評。

雖然說是出來休閒娛樂的，可是賈昊在跟傅華打過招呼之後，神情就變得十分凝重起來，潘濤也沒有以往那種黏黏糊糊的神情，似乎有什麼東西影響著他們無法開心起來。

開球之後，賈昊走到傅華身邊，說：「小師弟啊，聽說過德隆的事情嗎？」

傅華點點頭說：「聽說了一些。」

德隆的崩坍是近期最為巨大的經濟事件，從二〇〇〇年開始，全球股市進入了一個漫長的熊市，股市的一蹶不振，讓一直風平浪靜、號稱「中國第一莊」的德隆感受到了從未有過的緊張，擠兌壓力的暗流在德隆內部此起彼伏。

為了維持這個局面，唐萬新不得不每個月花上上億的資金來護盤，期待股市能夠反轉。但是，老天爺跟德隆開了一個很大的玩笑，熊市一直持續，在用收購金融資產堵窟窿的方式死扛了三年之後，德隆終於扛不住了，將其所持上市公司的所有法人股全部質押給地處新疆的各家銀行。其他各地企業和銀行紛紛起訴德隆、四處保全資產。

而德隆則展開一連串資產轉讓行動，將德隆非上市部分資產回填到德隆控制的五家上市公司中。但這些措施並沒有挽救得了德隆，德隆系的股票市值已經蒸發掉一百六十多億。唐萬新兄弟兩個四處向銀行和金融機構請求伸出援手，卻被紛紛拒絕。無奈，唐氏兄弟出逃境外。

德隆這個龐然大物的崩坍幾乎是瞬間發生的事情，讓國內的經濟界嘆為觀止。證監會對此十分震驚，認為對目前的股市必須加以嚴厲的整肅。

這時潘濤也在旁邊，他說：「看來一場風暴就要興起了。」

賈昊憂心忡忡地說：「老潘，你的頂峰證券可要注意一下，在這個時期一定不能頂風作案啊。」

潘濤笑說：「這您放心，我們頂峰證券是最高峰的那個頂峰，而不是頂風作案的頂峰。在您賈主任的指導下，我們的操作向來是很規矩的。」

賈昊說：「小心無大事，你也回去整肅一下你們的內部。對了，傅華，你也打個電話給天和房地產的丁江，讓他對上市公司的運作方面多加注意，不要在這個事情上被抓了錯誤。」

傅華說：「好的，我會跟他說的。」

潘濤說：「唐萬新這一次玩得太大了，四萬個股票帳戶，這可是很難望其項背的，我們坐莊，一般有四千個股東帳戶就很多了。」

賈昊聽了，笑說：「賊不打三年自招，承認你們頂峰證券也在違法坐莊了吧？」

潘濤笑笑說：「我只是打個比方嘛，再說，坐莊那是很久以前的事情了，那時候沒有什麼法規，哪家證券公司不坐莊啊？不做才是傻瓜呢。現在都法制化了，沒人有唐萬新這麼大的膽量了。」

賈昊笑笑說：「我也挺佩服唐萬新的，據不完全統計，這傢伙非法集資達到四百多億，天文數字啊。」

潘濤說：「人心是無止境的，德隆的盈利曾經高達數十億，那時候收手，唐萬新就是英雄，可惜他太貪心了，認爲股市會上萬點，根本就無意出貨。現在可好，把德隆集團整個弄倒了。」

傅華笑說：「這還真是上帝欲其滅亡，必先使其瘋狂啊。」

賈昊語氣沉重地說：「我們先不要管德隆集團了，先管好自己吧，德隆事件把股票市場的黑幕撕開了一角，證監會即將開始對證券市場全面的整肅，老潘，我再提醒你一次，別出什麼問題啊，出了問題大家都不好看。」

潘濤說：「你放心吧，我這些年已經很合法規了，這次天和房地產上市我做的也很規矩，肯定不會有什麼問題的。」

賈昊說：「沒問題就好。這次證監會會關注市場上一些大的集團性的公司，尤其是一些相互之間有關聯的公司，天和這樣的公司倒是不太會引人矚目。」

三人又聊了一些其他方面的經濟傳聞，精神就都放到打球上去了。

打完球之後，傅華回家就給了丁江　個電話，將賈昊講的證監會要整肅證券市場的情況跟丁江說了一下，讓丁江要注意公司運作的程序，不要觸犯了法規。

丁江笑笑說：「老弟，你跟賈主任說一聲，讓他放心，我這裏向來是很規矩的。」

孫永回到海川，就多了一塊心思，他一直琢磨不透從王畚那裏得到的那個正字，想來想去也不明白，心中未免對王畚有些意見，本來是去求他指點迷津的，結果迷津沒解除，反而更加迷惑了。這傢伙也是的，話不能說得明白些嗎，搞得自己像猜不透謎語的笨小子。

接連幾天，孫永都悶悶不樂的，這些都看在秦屯的眼中，他不知道孫永因爲什麼這樣，但是覺得孫永是遇到了什麼難題，兩人是在一條線上的，孫永遇到難題，秦屯也覺得不好過，因此找到了孫永的辦公室來。

孫永看到秦屯，便問：「找我有事嗎？」

秦屯笑笑說：「我看孫書記您最近一直心情不好，就想過來坐坐，跟你聊聊。」

孫永心說：你這個笨蛋能跟我聊什麼？我又不能跟你說我在想什麼。也不對，我可以跟他說說這個情況的，我不用全部告訴他，只說這個正字就好啦。一人計短二人計長，說不定他會幫我想起點什麼。

孫永便笑笑說：「是這樣的，有個朋友跟我說，讓我多注意一些人和事，可能對我有所妨礙，可是他並沒有把事情說的很明白，只跟我打了一個啞謎，寫了一個字給我。」

秦屯問道：「什麼字啊？」

孫永就寫出了一個正字給秦屯看，說：「我想了半天，始終不明白這其中的奧秘。」

秦屯看了，笑說：「孫書記，你真是當局者迷啊，這個字不是很好解釋嗎？」

孫永愣了一下，道：「難道你知道其中的奧秘？」

秦屯說：「這有什麼奧秘啊？這太簡單不過了，只是孫書記您沒往那上面去想而已。別的我不知道，如果要你注意一些人和事而涉及到的這個正字，不會有其他的解釋了，你想過我們市長大人的名字嗎？」

孫永恍然大悟，對啊，市長徐正的名字中，不就有一個正字嗎？

孫永想起徐正心裏就堵得慌，如果這個正字是指徐正，那一切都能得到解釋了，肯定大師讓自己注意的就是徐正這個人。

徐正到海川之後，處處表現強勢，也確實做出了一番成績來，讓自己這個市委書記每每有相形見絀之感。這個人始終讓自己感受到很大的威脅，如果要說某一個人能影響自己的發展，那這個人肯定是徐正。

王畚這個大師真是神了，他連自己身邊有一個徐正都知道，他怎麼對自己的情形知道的這麼清楚呢？

秦屯見孫永不說話，就說：「我說的有道理吧？徐正這傢伙肯定會妨礙您的。」

孫永看了秦屯一眼，說：「你既然知道，就應該早點想辦法把他趕走，我讓你密切注意海通客車的事，可有什麼發現嗎？」

秦屯低下了頭，說：「這倒沒有，我前幾天還詢問過沈荃，沈荃說一切都很正常。」

孫永搖搖頭說：「不可能，那高豐是傻瓜嗎？肯讓那麼多錢放在那裏吃利息？」

秦屯說：「可是沈荃說真的沒有異常，還說高豐已經看好了一家客車生產設備，正在準備委託一家外國公司引進呢。」

孫永疑惑的說：「是真的嗎？」

秦屯回說：「肯定是真的，高豐已經將引進設備的情況通報到了董事會，只等董事會通過，就正式委託那家公司代爲引進。」

孫永說：「難道我看錯了，高豐真的想要把海通客車搞好？那就更不好啦，海通客車搞好了，徐正豈不是會因爲這個，更增加一筆政治資本了？」

孫永心情越發沉重起來，在這東海政壇即將有大的變動的時候，對手如果再增加這一筆顯赫的政績，更是對自己構成威脅。

本來徐正剛剛正式成爲市長，即使上層有了空缺，他也是沒有競爭機會的，可是徐正接連幾件事做下來，表現得實在太出色，現在孫永也不敢說徐正就一定沒有上一格的可能，尤其是傳說中即將接任程遠的郭奎，向來對一些以實幹著稱的幹部賞識有加，曲煒就是一個很好的例證，當初郭奎就是因爲曲煒的實幹，讓曲煒接了自己市委書記的位置。而徐正當初接曲煒的市長位置，據說也是因爲郭奎的推薦。

徐正越是出色，便越是顯出自己的不足，孫永不滿的看了看秦屯，眼見徐正一步步爬到了自己頭上，這傢伙卻一點忙都幫不上，真是沒用。

孫永說：「老秦啊，這樣下去不行啊，我們不能這樣眼看著徐正一天比一天的興旺啊。」

秦屯說：「我也不想啊，徐正現在都跟李濤傍在了一起，我在市政府根本就沒什麼發言權，我也恨不得他早點滾蛋。可是我還真是找不到什麼可以攻擊他們的地方。」

孫永恨恨說：「我就不相信海通客車和百合集團這次合作就一點問題都沒有，我覺得是你沒有用心去找，用心找，他們肯定是有問題的。」

秦屯說：「現在這個項目都是徐正和李濤兩個人親自在負責，我沒辦法插手，就是想查也沒辦法。」

聽秦屯這麼說，孫永有些沮喪，他也知道秦屯這種人起不了大作用，就擺了擺手說：「好啦，沒辦法就算了。」

秦屯離開了，孫永心裏很是彆扭，看來這一次北京之行白跑了，大師說什麼形勢對自己有利，有利什麼，這個形勢看上去對徐正有利才對。

第六章

清查行動

「這是一個連接部委官員、商人和掮客的貪腐同盟。我們絕不能讓這些人肆意妄為，侵害國家利益，損公肥私。一定要查辦，而且要嚴查到底。」
於是領導批覆了下來，一連串霹靂般的清查行動全面展開了。

此時的徐正確實心情很好，辛傑送來了百合集團這一次要引進設備的資料，向徐正和李濤回報了最近一段時間的合作進展情況。

徐正聽完，笑說：「不錯啊，老辛，看來我讓你督促他們還是有效果的。」

辛傑說：「是啊，徐市長你吩咐我要監督百合集團履行承諾之後，我不敢怠慢，每天一個電話去催促高豐，高豐也有一點不勝其擾，這才拿出這個引進設備的資料，要我們董事會研究。」

辛傑這是爲自己表功，實際上，他雖然督促過高豐，可是高豐並不拿他當回事，這一次是高豐主動開口說要開始引進設備，他才有這個機會來表功。

徐正當然不知道內情，他對辛傑說的表現很滿意，說：「你做的很對，做生意就是要這樣，不要覺得不好意思催促，這是他們答應我們的，不履行就是違約。」

坐在一旁的李濤說：「這一次他們不會是虛晃一槍吧？隨便拿出個資料來拖延我們？」

辛傑說：「肯定不是，這一次是百合集團主動要求開董事會研究設備引進事項的。我想儘快召開董事會，研究確定是否按照百合集團提供的這個方向進行。」

徐正說：「對，對，趕快召開董事會，趕緊確定，不要讓百合集團有反悔的機會。」

李濤說：「也不能太急於一時了，老辛啊，你看過這資料，你覺得這設備如何？」

辛傑回答說：「這設備是國際公認的一流設備，生產廠家是國際大廠，價位適中，應該沒問題，當然，目前董事會只是確定一個具體的引進目標而已，真要引進，還需要實地考察，考察沒問題才會真的引進。」

徐正說：「既然這樣，那還等什麼，你們趕緊開董事會吧。」

辛傑說：「看來兩位領導都沒意見了？」

徐正說：「當然沒意見了，我們等這一天已經等了好久了。」

李濤則說：「不過老辛，你要注意啊，董事會確認之後，你們實地考察的時候一定要認真仔細，千萬不要被騙了。」

辛傑笑笑說：「這是國際大廠，很有信譽的，李副市長就放心吧。」

三人又聊了一些細節的問題，聊完之後，辛傑就離開，回去籌備董事會的舉行了。

辛傑離開之後，徐正長吐了一口氣，說：「這個項目總算要著手進行了，我還一直擔心百合集團有別的想法呢。」

李濤說：「是啊，我也很擔心。孫書記一直在盯著這個項目，對這個項目遲遲沒落實頗有微詞，這一下我想他大概會閉上嘴了。」

徐正說：「海通客車是我來海川之後感覺最棘手的一個項目，你看陳徹那個人讓人感覺那麼難對付，我都不覺得有這麼棘手，因爲陳徹雖然難對付，可是只要他答應了你，他就會兌現，可這個高豐不同，這是一個典型的商人，滑頭得很，我深怕他跟我們玩空手套白狼的那一套把戲啊。」

李濤說：「現在好了，百合集團的合作資金都在海通客車的帳上，只要董事會通過，我們就可以動用，到時候百合集團想再拖延，也是不可能的。」

徐正笑笑說：「通過不成問題，我們是大股東，想通過，馬上就可以通過的。」

李濤和徐正兩個人相互看了看，一起愜意的笑了起來，他們因爲這個項目已經憋屈了一段時間了，現在總算掌握到主動權，心情自然舒暢起來。

但是李濤和徐正似乎高興得有點早了，當事情發展到一定階段的時候，往往就是形勢要產生扭轉的時候，這就是物極必反說法的由來。這一次，命運轉盤在不同人的合力推動下，即將發生扭轉，這個扭轉發生之後，一些人的命運被徹底的改變了。

徐筠的檢舉書終於整理了出來，她將自己見過或者通過私家偵探調查出來的董昇和崔波相互勾結，利用崔波商務部職務的便利，操弄國家政策法規，大肆行賄受賄的行爲，一一揭發了出來，特別是崔波在幾次幫董昇運作項目審批成功之後，就會聚會到董昇家裏，利用玩撲克賭錢的方式行賄受賄的事實加以點明。

可笑的是，董昇還以爲徐筠不清楚他們在做什麼，實際上，徐筠也是在商場上打過滾的人，一些類似的商業操作手法早就熟悉的不能再熟悉了，當時她只是不願意揭穿董昇的把戲而已，現在她恨董昇已經恨到了極點，董昇有一點問題她都不會放過的。

這封舉報信附上了徐筠通過私家偵探調查來的照片和有關的證據資料，被徐筠透過朋友送進了紀委領導的辦公室，徐筠的父親也是有一定級別的幹部，她也有自己一定的人脈，要向上舉報並不難。

紀委的領導看到了這份資料十分震怒，在辦公會上拍了桌子，斥責說：

「這是什麼，這是一個連接部委官員、商人和掮客的貪腐同盟。這些年，我們的資本市場由於缺乏監管，一些人在其中上下其手，大發橫財，剛剛發生的德隆事件已經給了我們很深刻的教訓，現在這件事情又暴露出我們另一個缺口來，我們絕不能讓這些人肆意妄爲，利用國家賦予他們的權力侵害國家利益，損公肥私。一定要查辦，而且要嚴查到底。」

於是領導批覆了下來，一連串霹靂般的清查行動全面展開了。

董昇在辦公室，正和一個金髮碧眼的美國人史密斯相談甚歡。

史密斯代表美國一家五百強跨國企業，他們想要在中國大陸開展的業務需要商務部的批准。經過崔波的推薦，史密斯找到董昇，把他的意圖講給了董昇聽，希望董昇作爲律師，代理他們到商務部報批相關文件。

董昇聽完，高興地笑了，他彷彿又看到一張百萬元的美金支票在向自己招手，錢就是這麼好賺，他甚至不需要爲此去尋找來源，這些人就會主動送上門來。

董昇笑說：「史密斯先生，這件事情委託我們律師事務所辦理就對了，我們在行內是做這個首屈一指的專家，只要你委託我們，你就等著聽我們的好消息吧。」

史密斯也高興地笑了起來，他是一個中國通，對中國的國情自然很瞭解，崔波推薦董昇的那一刻，他已經知道這其中的貓膩在那裏，他相信董昇肯定會辦好這件事情的，便說：「那我們就全部委託給貴律師所了。」

兩人的手握在一起，相視一笑，董昇說：「合作愉快。」

史密斯剛也要說合作愉快，卻被一陣敲門聲打斷，董昇鬆開了手，說了聲：「請進。」兩名戴著大蓋帽的檢察官推開門走了進來。

其中一名檢察官看著董昇問道：「你是董昇嗎？」

董昇心中瞬間有了一種不祥的預感，點了點頭，說：

「我就是，請問找我有什麼事？」

檢察官說：「我們是北京市檢察院反貪污賄賂局的，現在依法強制傳喚你，請跟我們走一趟。」

董昇頓時心沉到了谷底，強打著精神問道：「你們憑什麼傳喚我，我做了什麼了？」

檢察官說：「你涉嫌行賄國家幹部，相關的傳喚手續在這裏，你看一下吧。」檢察官就將傳喚證和他們的證件都出示給董昇看，董昇知道自己的好日子已經到頭了，面如死灰，在史密斯的注視下，乖乖地跟著檢察官離開了。

與此同時，檢察官到商務部也將崔波和齊中帶走了，二人涉嫌的是受賄犯罪。

董昇進檢察院一開始態度還很強硬，他在震驚之後很快就恢復常態，他是做律師的，懂得法律如何規定，他想自己做過的很多事情只有自己和崔波等幾個少數人知道，相信只要自己不瞎說什麼，檢察官也不能拿他怎麼樣。

檢察官看董昇這個態度，便說：「董昇，你以爲我們什麼證據都沒掌握就能請你過來嗎？」

董昇心裏暗自好笑，他雖然沒做過刑事律師，可是對刑事偵查的手法還是很熟悉的，知道這些檢察官通常會利用心理上的優勢，不斷地要嫌疑人自己交代罪行，而檢察官們最常說的就是「你以爲我們沒掌握你的犯罪行爲嗎，我們讓你自己交代，是想給你一個表現的機會。」

這種小把戲可唬不住我，董昇笑笑說：「如果你們有證據能證明我有犯罪行爲，就請拿出來吧。」

檢察官笑笑說：「董昇，你不要不見棺材不落淚，我跟你說，我們掌握了詳盡的資料，足以證明你的犯罪行爲，讓你自己交代，是給你一個自首的機會。別給你機會不知道把握。」

董昇笑了，說：「檢察官同志，我是學過法律的，交代已經被掌握的犯罪行爲不能算是自首，這個你不要來蒙我。」

檢察官說：「想不到你還挺頑固，你以爲就你一個人進來了嗎？我告訴你，你的同夥崔波和齊申都已經被請了進來，你想不想知道他們都說了什麼啊？」

董昇心裏咯登一下，越發感覺到了事情的嚴重性，連崔波和齊申都進來了，這一次看來無法善了。他偷眼看了檢察官一下，強撐著說：

「我不知道你們這麼說是什麼意思，我跟他們又不熟，他們進來跟我有什麼關係？」

檢察官笑了起來，說：「你這傢伙，到這步田地還想狡賴，你看看吧，這就是你們不熟嗎？」說著，將一疊照片扔在董昇面前。

董昇拿起來一看，都是他們喝酒之後勾肩搭背、十分親熱的照片，董昇越發慌了，

叫道：「你們監視我，你們這是侵犯人權。」

檢察官說：「你倒挺能倒打一耙的，你們利用國家賦予的權力，大肆索賄受賄難道也是人權？董昇啊，你醒醒吧，還是認真考慮一下如何交代自己的問題吧。」

董昇仍然嘴硬說：「我沒有問題，不知道怎麼交代。這些照片只是一些喝酒之後的照片，不能說明什麼的。」

檢察官笑笑說：「行，你不交代是吧，那你回去想想吧，反正進來的又不是你一個人，等他們交代了你再交代，可就不是現在這個樣子了。」

董昇就被送回了監室，他一個人待在監室裏，越想越陷入了恐懼之中，崔波和齊申能不能挺住啊？他們會不會把自己出賣了？也許這一刻兩人為了立功，早就揭發自己做過什麼了。自己這麼頑抗這不是傻嗎？

董昇知道檢察官是故意將自己置於一種懷疑恐慌的境地之中，他明白只有崔波等人堅不吐實，他才有無罪開釋的可能，但他卻無法保證那兩個人會不會先行招供？

他控制不住自己不去想像崔波等人先行招供給自己帶來的更可怕的後果。他陷入了惶恐之中，在監室裏轉來轉去，不得安寧。

幾個小時之後，董昇再也無法承受這種心理上的煎熬和恐懼，主動要求見檢察官，他要坦白。

辦公室裏的高豐心情很不錯，一切都有條不紊地按照他的預想進行著，他想著很快就可以把其他上市公司挪出來的錢從海通客車挪回去了，這一番運作雖然周折不少，可是最終還是達到了預期的目的。

高豐刻意選擇了一家國際大廠的設備，就是想海通客車方面不疑有他，趕緊通過引進的決議。果然海川方面樂得屁顛屁顛的，就連辛傑這傢伙也有鬆了一口氣的感覺，大家似乎都認爲引進設備將會很快就完成，哪知道其實他真正的佈局是在代爲引進設備的公司身上，到時候只要引進設備的錢進了這家公司，高豐就決意讓這家公司破產。

那時候因爲這家公司身在海外，海川方面根本就無法到海外去查這家公司，就算能去海外調查也不能做什麼，只能自認倒楣。

可笑的是，海通客車因爲百合方面主動提出引進設備而十分的高興，對高豐提出代爲購買設備的公司絲毫沒加懷疑的就全盤接受了，金鼇已經吞下了香餌，下一步就等著起鉤了。

想到這裏，高豐忽然有一種寂寞的感覺，環視商海，能夠跟自己抗衡的對手幾乎找不到。傅華那傢伙倒有些鬼機靈，對自己去海川投資一再防備，可是又怎麼樣呢？你以爲難住了我，其實根本就不是那麼回事。你不是要我的資金到位嗎？我就把資金到位給你看看，最後還不是被我一分不差的抽了出來。饒你精似鬼，也要喝我的洗腳水。

想來想去，大概只有趙凱有實力跟自己能過幾招，不過趙凱也沒什麼了不起的，不過是一個保守的傢伙，他敢跟自己一樣，玩一玩這商場上最高級別的空手道嗎？肯定不敢。

這些年，通匯集團一直守著以實業爲中心的原則，絲毫沒有涉足資本市場的意思，這也是通匯集團沒有大發展的原因之一吧。相較起百合集團每年幾何倍數的增長，通匯集團有點像烏龜在爬行。自己本來想要帶他玩一下，可這傢伙就是不上道，不管怎麼說也不肯跟自己一樣去收購企業，看來他的通匯集團很快就會被這飛速發展的時代淘汰掉的。

高豐伸手打開了桌子上的雪茄盒，拿出一根古巴雪茄點上，抽了一口，向空中吐去，菸霧飄散在空中，然後他得意的哈哈大笑起來，笑得十分囂張。

電話鈴聲響了起來，高豐心裏有些厭惡的想道，誰這個時候打電話來攪了我的興致，便有些不想接，可是電話頑固的響個不停，讓高豐不得不把電話拿起來，煩說：「誰啊？」

辛傑在電話那邊笑笑說：「誰惹高董不高興了？」

高豐心說除了你還會有誰，不過辛傑最近幫了他不少的忙，雖然他本人不一定知道，倒不好跟他發作什麼，便笑笑說：「我以爲是誰呢，老辛啊，找我什麼事啊？」

辛傑說：「高董啊，你是不是忘了，你那還有一億沒還回來呢，現在董事會通過了引進設備的議案，你再不還回來，我怕露了馬腳就不好說話了。」

高豐笑說：「老辛啊，不是我說你，不就是一億嗎，有必要隔幾天就來催我嗎？你我都是做大事情的人，不要在這麼點錢上糾纏。」

辛傑叫說：「什麼，這麼點錢？高董，我不是你，你才是做大生意的人，動幾億都沒什麼感覺。我是一個國有企業的小廠長，這一億是我活到現在動用的最大一筆錢。求您了，趕緊還回來吧，再不還回來，我真的有點扛不住了。」

高豐笑笑說：「好啦，都跟你說不要擔心了，這筆錢我一定會還的，我也不想你出事是吧？不過目前還不行，等海通客車考察確定引進設備之後，我馬上就會還給你們。」

辛傑不滿的說：「怎麼還要拖啊？高董，你這個人怎麼這樣啊？」

高豐說：「我這不是把錢放到了別的項目裏了嗎，一時難以抽出來。你放心，我這個人說話算話，答應你的事情一定會做到的。」

辛傑抱怨說：「你什麼時候說話算話過，原本你說用沒幾天就還回來，現在都過去幾個月了，你還一拖再拖的。」

高豐很不滿意辛傑說話的語氣，說：「老辛，你怎麼這麼說話呢？我不過是被別的項目絆住了，我也不想啊，可是真要一下子把資金抽出來，我損失會很大的。再過些日子，我那個項目就緩過來了，到時候一定把錢還回去。好啦，你幫我的這份情誼我銘記在心，資金緩過來之後，我會有所表示的，這還不行嗎？」

辛傑知道再說也是無益，嘆了口氣說：「高董啊，你儘快吧。」

「行行，那就先這樣吧。」

高豐先掛了電話，他的好心情一下子都沒了，惡狠狠地按熄了雪茄，這個辛傑實在太討厭了，自己也不是沒付給他報酬，自己付給他的報酬是他一輩子都掙不到的，他就不能讓自己消停幾天嗎？

高豐正煩躁著，門被敲響了，高豐一想自己這段時間沒安排見什麼人啊，便不高興的吼道：「我很忙，別來打攪我。」

門還是被推開了，助理探頭進來，高豐不滿的看了助理一眼，說道：「我不是說不要來打攪我嗎？」

助理苦笑了一下，說：「高董，這兩位檢察官一定要見你。」

高豐愣了一下，這時，助理身後走出來兩名檢察官，一個個子很高，胖胖壯壯，另一個有些瘦，高豐詫異的問道：「兩位找我有什麼事？」

胖檢察官嚴肅的說：「高豐，你涉嫌行賄國家公職人員，現在依法強制傳喚你。這是相關文件，你看一看。」

胖檢察官說完，將傳喚證遞到高豐面前，高豐立時傻眼了，半天沒說出話來。

瘦檢察官說：「高豐，請跟我們走吧。」

高豐這才緩過勁來，跟助理喊道：「趕緊通知公司的律師。」

瘦檢察官說：「高豐，現在律師還不可以介入，請跟我們走吧。」

高豐無奈，跟著檢察官走出了公司。

進了訊問室，高豐的心情已經從自以爲比誰都聰明的興奮，變成了惶恐不安，此刻他還不知道檢察官爲了什麼傳喚他，他飛快的轉動著他聰明的大腦，想著最近發生的每一件事情，希望從中找到被傳喚的端倪，可是這個時候，他明顯感覺他的聰明不夠用了。

胖檢察官打開公事包，拿出筆錄，說：「高豐，知道爲什麼找你嗎？」

高豐搖了搖頭，說：「我不清楚，檢察官同志，我是守法的商人，每年給國家繳納大量的稅收，從來沒做過違法亂紀的事情。」

瘦檢察官笑了起來，說：「高豐，這麼說，我們還冤枉了你了？」

高豐心裏沒有了底氣，偷著看了看檢察官，問道：「檢察官同志，你能給我提示一下嗎？」

胖檢察官一拍桌子，叫道：「高豐，你裝什麼糊塗，你做過什麼自己不清楚嗎？」

高豐心說我做過的不合法的事情太多了，我怎麼知道你抓到了我什麼把柄，我可不能都交代給你。便笑笑說：「我真的想不起來啊，這裏面是不是有什麼誤會啊？」

瘦檢察官笑了，說：「誤會？高豐啊，到了檢察院這裏你還心存僥倖是吧？」

高豐連連搖頭，說：「沒有，沒有，我只是不知道該說什麼。」

瘦檢察官看了高豐一眼，他做過多年的檢察官，經驗很豐富，從高豐不時偷窺的眼神中，他感受到了高豐的心虛和惶恐，敏銳地感到這是一條大魚，應該絕對不止董昇和崔波招供出來的那些犯罪內容。

瘦檢察官便笑笑說：「高豐啊，你要知道，我們絕對不會冤枉一個好人的，當然也絕不放過一個壞人。你是一家大企業集團的董事長，八面風光，很有社會地位，平常我們倆就是想見你也不一定能見得上，你這樣的人沒人敢隨便招惹的，所以你就應該知道，我們不掌握充分的證據是不會找你來的。」

高豐的那股傲勁又上來了，說：「這倒是，你們如果不是因爲公事，平時想見我還真見不到。」

瘦檢察官不介意高豐囂張的態度，反而有點迎合他的意思，他很希望高豐能在得意中不自覺的露出馬腳來，便笑笑說：

「你是聰明人，我向來很喜歡跟聰明人打交道，聰明人一點就明白，不需要我費太多的口舌，所以，你就趕緊招供吧，你招供了，大家都輕鬆，好不好？」

高豐心說什麼好不好啊，關鍵是你們掌握了什麼情況啊，我不知道你們掌握了什麼，能隨便說嗎。

高豐乾笑了一下，說：「檢察官同志，我是真的願意配合你們的工作，可是我也真不知道自己哪裡做錯了，給點提示吧。」

看高豐故意裝糊塗，胖檢察官笑笑說：「行啊，你就往行賄方面去想。」

高豐心說你這說了等於沒說，我給多少人送過禮啊，說出來都能嚇死你。便說：

「檢察官同志，有時候我們企業為了正常運轉，會給相關部門送點小禮物，這種行為可能不合法，可是你們也知道現在企業的運作環境，不這樣做，各方面都來找麻煩，我們企業很難維持下去。」

瘦檢察官笑了，說：「高豐，你還真能避重就輕啊，我們會為了一點違規的行為就把你帶來嗎？你要知道，你這一被審查，對你們公司會有多大影響，對社會會有多大的影響，我們能不慎重考慮嗎？會是這麼點小事嗎？」

胖檢察官說：「我可跟你說，高豐，我的耐性有限，你再這麼跟我磨蹭，我可要對你不客氣了，到時候你就是想說，恐怕我還不聽呢。」

瘦檢察官說：「對啊，我們如果把你的犯罪行爲，一點出來，那你就算是頑固對抗審查，到量刑的時候，你這就是不知悔改，認罪態度極差，法院可是要加重處罰的。所以高豐，我勸你還是好好把握我們給你的機會吧，別到了上了法庭，就後悔晚矣。」

高豐這些年事業發達，養尊處優慣了，什麼時候見過這種陣仗，這時再也沉不住氣了，他想：我就先交代一些情節輕微的罪行吧，也許可以糊弄過去。

這就是高豐傻瓜的一面，到了這裏怎麼還能讓他糊弄過去啊，這些檢察官見過多少像他這樣的犯罪嫌疑人，比他更聰明更狡猾的都有，又豈能被他蒙混過關？不過人到了這種場合，首先就慌了，除非有大智慧，否則誰也很難定下心來認真的考慮自己的處境。

高豐說：「好了，好了，我說，我們百合集團剛剛收購了一家洗衣機廠，爲了順利達成收購，我給這家洗衣機廠的財務科主管會計送了一張卡，卡裏有十萬塊錢，他就將洗衣機廠的財務資料透露給我，讓我全面掌握了洗衣機廠的情況。檢察官同志，我錯了，我不該爲了企業的一點小利益，就做出這種行賄的不合法行爲。」

胖檢察官就詢問了這件事情的詳細情節，一一記錄下來。他心裏暗自好笑，這高豐自以爲聰明，想隨便說出一件小事騙過檢察機關，偏偏他說的根本就不是檢察機關掌握的情況，不用說，這傢伙還有很多犯罪行爲沒交代。

他看了看高豐，笑了笑問：「這只是一部分，還有呢？」

高豐心裏咯登一下，看來檢察官還掌握別的事情，那又是什麼事情呢？不行，不能再說了。

「沒有了，我就做過這麼一件錯誤的事情。」

看高豐又想回到裝糊塗的樣子，不行，必須打掉高豐的僥倖心理，瘦檢察官便搖搖頭說：「不對，據我們掌握的情況，遠遠不止這些，高豐啊，到了這個時候你還想蒙混過關啊。我可跟你說，你如果想借交代一兩件小事妄圖脫身，不但不可能，反而會讓我們認爲你的態度極爲惡劣，你可不要聰明反被聰明誤啊。」

高豐有一些慌亂了，他急忙說：「哦，我想起來了，我還做過一件……」

就這樣說一件事，再抵賴一會兒，然後再說一件事，就像擠牙膏似的，在檢察官的擠壓下，高豐將他這些年所做的違法行爲一點點慢慢交代了出來，包括他這些年爲了併購向對方工作人員行賄，玩弄空手套白狼手法虛假註冊，上市公司大作假帳之類的事都坦承了出來。

但是他對海通客車挪用了一億資金的事情始終沒說，他感覺這件事情是發生在東海省海川市，如果是這件事情發作的話，來找他的就應該是海川檢察院，而不是現在的北京檢察院。而且，雖然他跟辛傑說得很輕鬆，說挪用一億不是什麼大事，可他心中卻很明白，這件事情怕是他所有犯罪行爲中最嚴重的一件，他不到萬不得已，是絕不能說的。

審訊的時間很長，不覺到了深夜，高豐的腦子裏已經一片漿糊，只覺得嗡嗡的，不管兩名檢察官說什麼，高豐都說再也沒有了。

兩名檢察官相互看了看，他們心裏很清楚，雖然高豐林林總總說出了這麼多，偏偏最先被掌握的犯罪行爲並沒有交代出來，他們都覺得高豐的犯罪行爲遠不止這些，看來需要給高豐一段時間再考慮一下。而且高豐說出的這些犯罪行爲也需要去落實一下，看看這傢伙是不是爲了擺脫檢察官的追問而信口胡說的。

瘦檢察官說：「時間已經很晚了，大家都很累了，這樣吧高豐，你先回監室，再好好回想一下，看有沒有遺漏什麼。」

高豐已經累得打不起精神來了，苦笑了一下，說：「真的沒有了，檢察官同志。」

胖檢察官沒再說什麼，只笑笑說：「有沒有再說吧，先回去休息吧。」

高豐被送到了監室，他被審訊了一大，爲了保住自己，腦袋高度緊張，此刻實在太疲憊了，也不管身處何方，倒下去就睡著了。

傅華見到檢察官時，正在章鳳的辦公室跟章鳳、趙淼聊天，他們在溝通完海川大廈最近一段時間的工作之後，便坐在一起聊些輕鬆的話題。

趙淼談了些他對酒店管理工作上的建議，傅華很是讚賞，說：「小淼，你上手很快啊。」

趙淼靦腆說：「這是章總領導有方啊，我來酒店之後，跟章總學到了很多東西。」

章鳳聽了，笑說：「別拍我馬屁，你確實做得很不錯。傅華啊，趙淼在酒店管理方面確實很有天分，很多事情我不說他都懂得。」

傅華感覺這兩個人對對方都有好感，便笑笑說：「看來你們兩個互相很欣賞對方啊。」

章鳳看了傅華一眼，說：「去你的吧，開什麼玩笑，趙淼還是小孩子，什麼互相欣賞啊。」

傅華還想繼續打趣他們，這時高月敲門進來，說：「傅主任，有兩位檢察官去辦事處找您，我就把他們帶過來了。」

傅華詫異的看了看跟在高月身後的兩位檢察官，問：「請問兩位找我有什麼事情嗎？」

爲主的檢察官說：「傅華同志，我們想請你跟我們回去協助調查一樁案件，這是我們的證件。」

傅華看了看證件，兩人是北京檢察院反貪污賄賂局的工作人員，跟他說話的這位的姓劉，另一位姓李。

傅華將證件還了回去，他還是不知道是什麼事情，便說：「什麼事情啊？」

劉檢察官說：「你牽涉到了一樁不法案件，我們需要向你瞭解一些情況，請跟我們走一趟吧。」

章鳳站起來問道：「檢察官先生，傅華他牽涉到什麼事情啊？」

劉檢察官說：「抱歉，我們不方便透露，你們也不要太擔心，只是請他去配合調查。」

傅華感覺自己並沒有做什麼不合法的事情，就對章鳳和趙淼說：「沒事的，我去檢察院看看究竟是怎麼回事。」

傅華並沒有被帶到檢察院，兩位檢察官將傅華帶到了近郊一家旅館裏，在旅館的房間裏，姓李的檢察官給傅華倒了一杯水，劉檢察官則讓傅華坐下，說：

「傅華同志，我們找你來，是有些情況需要向你瞭解一下，希望你能配合。」

傅華說：「什麼事情啊？只要我知道的一定配合。」

劉檢察官問說：「你認識董昇嗎？」

傅華愣了一下，說：「認識啊，董律師嘛，怎麼了？」

劉檢察官說：「董昇說，山祥礦業的伍弈是你介紹他們認識的？」

「對啊，山祥礦業是我們海川市的一家礦山企業，他們的董事長伍弈想要讓公司在香港上市，伍弈對香港上市的情況不是很瞭解，是我介紹他認識董昇的，因爲董昇是做這方面業務的專家。」傅華回答。

劉檢察官望著傅華，臉上雖然帶著笑容，可是眼神中卻有一種肅殺的氣息。

「傅華同志，你爲什麼要介紹他們認識？」

傅華被看得心裏有點發毛，他知道伍弈找董昇辦的那些事情並不是十分的合法，不過他自己並沒有參與在其中，這給了他底氣，便笑笑說：

「這是我的職責啊，我是海川的駐京辦主任，我有義務配合海川的企業在北京辦一些事務，伍弈原本想在國內上市，可是山祥礦業的條件並不適合在國內上市，就把目光轉向了香港，香港的證券市場的要求相對比較低。這有什麼問題嗎？」

劉檢察官看了傅華一眼，說：「介紹他們認識之後，你又做過什麼了？」

傅華心裏一沉，他當初跟伍弈一起去香港，是上過賭船的，雖然自己只是小賭了一下，可這總是有些不合規範的行爲。

傅華看看劉檢察官，說：「檢察官同志，我能問一下嗎？你們問我這麼多究竟是爲什麼啊？」

劉檢察官笑笑說：「也沒什麼，就是瞭解情況，你不要有壓力，知道什麼說什麼就好。」

傅華不知道究竟發生了什麼事，可是檢察官這麼追問，肯定是董昇或者伍弈其中一個或者兩個人出了問題；如果是伍弈出了問題，那自己跟他去香港的一切情況，檢察官應該都掌握了，看來自己真的要有什麼就說什麼了。

傅華說：「後來伍弈請我陪他去了一趟香港，主要是跟他公司上市的操作方證券行接觸了一下，期間我跟他上過一次賭船，不過，我就是在船上玩了一下。其他就沒有什麼了。」

劉檢察官笑笑說：「你不要害怕，賭船在香港是合法的，你上去玩我們是不管的。」

傅華鬆了一口氣，說：「那就好。」

劉檢察官接著問道：「去了香港之後呢？」

傅華說：「去了香港之後，伍弈需要認識的人都認識了，也就不需要我幫什麼忙了，其他再有什麼事情都是他們自己去處理了，我沒再參與。」

這時，李檢察官抬起頭看了看傅華，問道：「你好好想一想，真的沒有再參與嗎？」

傅華思索了一會兒，說：「對了，後來有一次，伍弈和董昇和商務部的崔波司長，還有一位叫齊申的人見面，當時在打高爾夫，我也在場，我是被伍弈約去打球的。再其他時候，都是伍弈去駐京辦，我們在一起聊天而已，就沒別的接觸了。」

李檢察官說：「真的沒別的接觸了嗎？你再好好想想。」

傅華搖搖頭說：「真的再也沒有了。」

劉檢察官說：「傅華同志，據我所知，伍弈這次在香港上司操作得很成功，身價暴增，他就沒對你表示一下感謝？」

傅華笑了，說：「伍弈確實對這次山祥礦業成功上市感到十分高興，也對我表示了感謝。」

劉檢察官眼睛裏露出了捉到獵物的興奮，這是他的職業病，一遇到貪污受賄的犯罪分子他就感到十分的興奮，他笑笑說：「那你說說他是怎麼表示感謝的？」

傅華老實地說：「這傢伙挺大方的，送了我一張金卡，我當時不想要的，後來伍弈堅持要給，正好當時我們海川大廈將要開業，我想舉辦一場海川在京人士的聯誼會，資金方面還沒有著落，我就把錢用在這上面了。這在駐京辦帳上都是可以查到的。」

聽傅華這麼說，劉檢察官有些喪氣，他們本來找傅華來，是因爲董昇提到伍弈在上

市成功之後，特別跑到北京來對他進行了感謝，以董昇的猜測來看，伍弈對傅華一直很感激，肯定也會對傅華有所表示的。

這是董昇爲了爭取立功表現主動揭發的，所以檢察官把傅華找了來，一方面是想落實一下董昇和崔波等人所說的事情的細節，另一方面，檢察官也想是不是可以再挖出傅華受賄的案子來。

以劉檢察官辦案的經驗來看，幾乎十個被找到檢察院裏的官員，十個都是受賄的，他還沒有碰到一個是例外的，因此他對傅華的說法並不相信。反而覺得伍弈確實爲了駐京辦的聯誼活動捐過款，這件事情卻被傅華利用來作爲遮掩他受賄行爲的盾牌了。

蕭牆之禍

趙凱有些詫異說：「外面會有什麼人會找他的麻煩？」
王畚笑笑說：「那我就不知道了，我推算令婿這次並沒有什麼牢獄之災，卦象上顯示，他真正的麻煩不在這裏，吾恐季孫之憂不在顓臾，而在蕭牆之內也。」

劉檢察官意味深長地說：「傅華同志，真是這樣嗎？」

傅華問心無愧，因此十分肯定地說：「當然是這樣了，駐京辦的帳上都有這筆捐款的記錄的，你可以去帳上查嘛。」

劉檢察官笑笑說：「你自己也說那是捐款了，這與伍弈對你私人的感謝有什麼關係呢？」

「當然有關係了，這是伍弈因爲感激我爲他幫忙才捐款的。」傅華說。

劉檢察官說：「好啦，不要再裝了，我是問伍弈就沒給你私人方面什麼感謝？」

傅華急了，說：「檢察官同志，我不是講得很明白了嗎？這張金卡裏的錢就是伍弈感謝我個人的，我不收，他才轉成了捐款的。」

李檢察官笑了，說：「你有這麼廉潔？」

傅華嚴肅了起來，說：「檢察官同志，我不知道你是怎麼想的，可是我沒拿過伍弈一分錢的感謝。」

李檢察官追問：「怎麼，你討厭錢嗎？」

「我不討厭錢，可是我不喜歡拿這種不清不楚的錢。」傅華說。

李檢察官說：「怎麼不清不楚了，你幫了他，他感謝你，這多清楚啊。」

傅華氣得站了起來，說：「你這是在侮辱我的人格，我告訴你，這點錢我還沒看在

眼中，我如果要賺錢，比這多幾十倍的錢都可以賺到。」

劉檢察官看了傅華一眼，說：「傅華同志，你不要急嘛，要相信我們檢察機關，先坐下，先坐下。」

傅華坐了下來，看了看劉檢察官，說：「你們就是不相信我也可以去問伍弈嘛，他是當事人，你問他不就一清二楚了嗎？」

劉檢察官說：「不瞞你說，伍弈現在並不在我們檢察院的控制之下，據我們瞭解，伍弈現在在香港，他去那裏是有上市公司的事情要辦理。」

伍弈沒到案，傅華也提不出什麼證據能證明自己沒受賄，苦笑了一下說：「檢察官同志，請你們相信我，我確實沒拿什麼賄賂。」

劉檢察官笑笑說：「行行，我可以相信你。不過，目前這個案件尚且處於偵查階段，有些關鍵的人物還沒到案，尤其是伍弈，爲了保密，就請你留在我們這裏幾天，你可以再想想有什麼事情你忘記了，同時，我們也需要對你說的落實一下。」

傅華愣了，說：「你們這是要拘留我嗎？」

劉檢察官搖搖頭說：「只是讓你配合調查幾天，不是拘留。情況落實清楚了，你就可以回去了。」

傅華說：「那你們通知我家裏人了嗎？」

「你放心吧，我們會通知他們的。」劉檢察官說。

傅華知道這時候再說什麼都無濟於事了，苦笑了一聲，說：「那好吧。」

傅華就被留在賓館的這間房間裏，雖然賓館的條件還不錯，他可以洗澡看電視，檢察官們也沒有再對他詢問什麼，可是他失去了行動的自由。

開始的時候，傅華有些煩躁，後來他忽然想起趙凱轉告他那個王畚說的那幾句話，一下子豁然開朗，對呀，我這麼煩躁幹什麼？我做了什麼不合法的事情嗎？沒有啊，黑就是黑，白就是白，相信伍弈回來肯定能證實自己的清白的。就把這次協助調查當成一次休假吧，傅華放鬆了下來。

傅華是放鬆了下來，可是外面的人不知道裏面的情況，就沒辦法放鬆了。

趙淼第一時間將傅華被帶走的情況通知了趙凱和趙婷，趙婷急了，跑到趙凱的辦公室，問趙凱：「爸爸，傅華究竟出了什麼事情啊，他是一個做事很認真的人，說他牽涉到犯罪，打死我也不相信的，他一定是被冤枉的。你趕緊想辦法救他啊。」

趙凱說：「好啦，我也不知道是什麼情況，我已經找了北京檢察院的朋友，讓他們幫我去打聽情況了。你先別急啊。」

趙婷跺腳說：「他是我老公，我怎麼能不急呢。」

兩人坐立不安的等了一會兒，趙凱找的檢察官打電話來，說：「不好意思趙董，你讓我問的這個傅華涉及的案情，我沒打聽出來。」

趙凱愣了一下，說：「不是你們北京檢察院辦的案子嗎？你怎麼能不知道呢？」

檢察官說：「案子是我們檢察院辦理的，可是這個案子是上面紀委交辦的案子，組成了專案小組，目前在偵查階段，涉及什麼人、什麼事都是保密的，我也不敢太多的打聽什麼。」

趙凱心裏一沉，說：「有這麼嚴重啊？就沒有別的辦法可想了？」

檢察官說：「不好意思趙董，這一次令婿涉及的可能是一個大案，是紀委領導專門批示下來的，我們檢察院裏現在氣氛很凝重，目前我這邊是沒什麼辦法可想了。而且在這個風口浪尖上，我勸你也不要去找別的途徑想辦法，這個時候如果亂找人，說不定效果適得其反。」

趙凱說：「我明白，謝謝你了。」

檢察官又說：「不過，趙董你們也不要太擔心，協助調查只是說他可能知道案件中的某些情況，不一定是本人涉案，可能過幾天就放回來了。」

趙凱說：「一定能放回來嗎？」

檢察官說：「這個我可不敢肯定，我是說如果過幾天沒轉拘留，那就是沒事。如果轉拘留了，那就是涉案了。」

趙凱心想：這還是有兩種可能性的，這等待的日子讓小婷怎麼熬啊。不過眼下他也沒有別的辦法了，只好對檢察官說了聲謝謝，就掛了電話。

趙婷在一旁聽著趙凱打電話，見趙凱放下了電話，著急叫道：「爸爸，你再讓他想想辦法啊，怎麼就這麼掛了電話啊？別這麼等下去啊，傅華在裏面還不知道受什麼罪呢。」

趙凱安慰趙婷說：「小婷，你千萬別急，你沒聽對方說，這是紀委領導批示下來的大案嗎？我找的這個朋友在北京檢察院裏級別也不低了，他都說沒辦法，別人就更沒辦法了。」

趙婷傻眼了，沒再說什麼，眼淚就流了下來。

趙凱心疼女兒，說：「好啦，你別哭了，我們再想想別的辦法。」

趙婷嘴一扁，說：「你都說沒辦法了，還能想什麼辦法啊？對了，你上次跟傅華去那個什麼大師家裏，那個王大師不是說傅華最近有些禍事嗎，是不是被他咒的？」

趙凱立時說：「對啊，王大師特意提醒過我的，怎麼把這事給忘了，他說傅華這次應該是沒什麼事情的。」

趙婷說：「要不找找他，看看他對現在的情況是怎麼看的？」

趙婷本來也不相信這些，這時候關係到了傅華，只要有一絲希望，她也會抓住不放的。這也是病急亂求醫。

趙凱便說：「那我打電話問一下他在哪裡。」

趙凱就打電話給王畚，問王畚現在在哪裡，王畚說：「我在浙江，趙董這麼急打電話來，是不是爲了令婿的事情啊？」

趙凱說：「大師你猜到了？」

王畚笑笑說：「你語氣這麼急，肯定是出了什麼事情，你已經在商場打拼這麼多年，什麼大大小小的事情沒見過，所以公司的事情不會讓你亂了陣腳，只有親人出了事，你才會這麼急的。」

趙凱說：「好了，大師，我就長話短說了，我女婿被北京檢察院帶走了，說是協助調查，現在情況不明，你能不能幫我推算一下，看看究竟是怎麼回事。」

王畚說：「你不用擔心，上一次我已經跟你說得很明白了，他不會有事的。令婿這個人做事很端正的，現在是事態未明，只要事態明朗，他就沒事了，我可以保證，他過幾天就會回來的。」

「真的嗎？」趙凱仍不放心地說。

王畚說：「我什麼時候騙過你了？不過，令婿出來是可以出來，並不代表事情完全過去了，外面還會有人拿此做文章的。」

聽王畚這麼說，趙凱有些詫異，說：「外面會有什麼人找他的麻煩？」

王畚笑笑說：「那我就不知道了，反正我推算令婿這次並沒有什麼牢獄之災，卦象上顯示，他真正的麻煩不在這裏，吾恐季孫之憂不在顓臾，而在蕭牆之內也。」

王畚說的是論語上的典故，春秋時期，魯國的季孫要討伐顓臾，孔夫子說了這麼一段話，意思是禍亂的根源不在顓臾這個地方，而是在季孫兄弟之間。這也是「禍起蕭牆」成語典故的由來，王畚這麼說，是想說傅華的麻煩不在外面，而是在他們海川市政府的內部。

趙凱明白王畚的意思，便說：「大師，只要傅華在檢察院沒事，其他都是小問題，就算他這個駐京辦主任不能幹了，他也餓不著。這些都無所謂的，我只想他平安無事。」

王畚笑說：「那倒是，有你這個岳父在，他肯定衣食無憂。檢察院這邊你放心吧，肯定沒問題的。」

趙凱說：「有你這句話就好。謝謝你了大師。」

趙凱掛了電話，對趙婷說：「好了，小婷，你都聽到了，大師說了，目前只是有些事情還沒有明朗，明朗了傅華就沒事了。」

趙婷還是半信半疑，說：「傅華真的會沒事嗎？有沒有別的辦法再去打聽一下？」

趙凱說：「檢察院的朋友不是說了嗎，亂打聽效果可能適得其反。你就放心吧，傅華這個人你又不是不瞭解，他是不會貪圖別人那一點點小錢的。只要錢財方面沒問題，其他方面的問題檢察院也管不到。」

趙婷說：「這倒也是。」

「你就耐著性子等幾天吧。」趙凱說。

到了此時，趙婷雖然還是有些擔心，可是也沒有別的招數了，反正就是等幾天，她也只好等了。

接連幾天，檢察官都沒露面，待在監室裏的高豐越來越煩躁了。以前忙碌慣了的他突然無事可做，只能對著監室的四壁胡思亂想，這讓他十分難受。他很想找人傾訴一下，可是連檢察官都不露面了，他面對的只有監室的監管人員，無人可以傾訴。

特別是他的心安定不下來，始終處於一種惶恐不安之中。此時他才瞭解自己真實的一面，以前他認爲自己是一個掌控能力很強的人，不但能夠掌控別人，也能掌控自己的情緒。到了此時，他才知道他的自制能力究竟如何，不論他如何給自己找理由，他就是無法控制自己的思緒，無法讓心安定下來。

他並不知道這些檢察官在外面做了什麼，他只知道沒有人來跟他說一聲案件到此就爲止了，他的心就得懸著。即使他心裏很清楚，此刻他最需要的就是把心安定下來，只有把心安定下來，他才能夠很好的應對眼前困難的局面，才能不給檢察官可乘之機，可是他還是無法做到這一點。

接連過去幾天，高豐好不容易等到了兩名檢察官來提審，他竟然有一種很奇怪的輕鬆感覺，連他自己都不知道爲什麼輕鬆，也許是因爲他又有機會對案情的進展進行瞭解的緣故吧，或者終於有人可以跟他說說話了。尤其是他還有最重要的一件事情還藏在心裏，他也想瞭解一下這幾天檢察官有沒有發現他新的罪證。

瘦檢察官先讓高豐坐下，說：「高豐啊，這幾天在監室裏有沒有好好想一想啊？」

高豐點點頭說：「想了想了，我知道自己做錯了，我願意認罪。」

胖檢察官笑笑說：「你這個態度不錯，說吧，你都是怎麼發現自己的錯誤的？」

高豐愣了一下，抬頭看了看胖檢察官，乾笑了一下，說：「我不應該向對方行賄……」

高豐顯得誠惶誠恐，把自己交代出來的犯罪行爲全部都認真反省了一遍，狠狠地把自己批評了一通，一副真心悔改的模樣。

說完，高豐檢討說：「檢察官同志，我真是不懂法，做了這麼多錯事而不自覺。這一次對我的教訓真是慘重，以後我一定認真遵守法律，守法經營。」

瘦檢察官笑了，說：「高豐啊，你是真的這麼想的嗎？」

高豐說：「我真是這麼想的，我真是十分的悔恨啊。」

瘦檢察官搖了搖頭，說：「不對吧，我怎麼覺得你一點悔恨的意思都沒有啊，你知道我們這幾天都在幹嘛嗎？我們是在調查你的情況，經過調查，我們發現你根本就沒有全部坦承自己的犯罪行為，想用小的犯罪事實來掩蓋大的犯罪，這可一點不像深刻認識到自己行為錯誤的樣子啊。」

高豐愣了一下，原來檢察官這些天沒露面，都在調查他的情況啊，難道他們真的掌握了自己挪用海通客車一億資金的事了？他們不會是又在跟自己玩虛虛實實的把戲吧？

高豐的臉不自覺地抖了一下，他的心緊繃了起來，他感覺自己已經被逼到了牆根，退無可退了，是不是要把海通客車這件事情說出來呢？可是如果是檢察官在設陷阱騙自己怎麼辦？如果對方沒查到，自己卻說了出來，自己不成了傻瓜了嗎？

不行，還是不能甘心就範，再強撐一下，也許就挺過去了。

他乾笑了一下，說：「檢察官同志，我已經交代了自己的全部罪行了，再沒有什麼可說的了。」

高豐臉上的表情都看在了瘦檢察官眼中，他看出了高豐心底的掙扎，知道經過這些天的審查，高豐已經在崩潰的邊緣了，看來要加加碼，逼他徹底的坦白。

他猛地一拍桌子，指著高豐叫道：「高豐，你還裝什麼糊塗，你以爲你做了什麼別人都不知道嗎？還是你以爲我們這些檢察官都是笨蛋，什麼事情都查不出來？」

高豐被嚇得身子哆嗦了一下，他再也撐不住了，帶著哭腔說：「好啦，檢察官同志，我交代，我全部交代，我還從海通客車挪用了一億的資金出來。」

於是高豐就把自己如何拉攏腐蝕辛傑，如何跟辛傑聯手從海通客車轉出一億資金的情形一五一十地說了出來。到了這個時候，他的心防徹底被攻破了，甚至說出了他打算如何將資金乾坤大挪移的計畫。

交代完海通客車這宗案子，高豐再沒有了氣力，癱軟在座椅上了。

兩名檢察官沒想到高豐還藏著這麼個大案子沒交代，他們想的只是高豐通過董昇行賄商務部崔波的案子，不由得竊喜的相互看了一眼，看來這一次真是賺到了。

不過，雖然套出了這個案外案，高豐行賄崔波的罪行還是不能放過的，胖檢察官又說：「高豐，你這樣不行啊，怎麼我們逼你一下，你就說一下，都跟你講了，你這樣像擠牙膏似的，可不能算是坦白啊。相反，你讓我們感覺你一直在頑抗，態度十分惡劣。你以爲我們是在跟你做生意嗎，還要討價還價一番？」

高豐徹底崩潰了，哭著說：「檢察官同志，我真的全部都說了，你們就是殺了我，我也說不出什麼來了。」

瘦檢察官看看也感覺確實把高豐逼得差不多了，看來是到了揭開底牌的時候，便笑著說道：「高豐啊，你認識董昇嗎？」

高豐愣了一會兒，對檢察官突然問起董昇十分的驚詫，他的潛意識中，絲毫沒把委託董昇辦理商務部那宗事情當做是犯罪，他認爲那不過是很正當的委託辦理法律事務，雖然背後隱藏著崔波的影子。便問道：

「董昇，我認識啊，做律師的那個對吧？」

胖檢察官點了點頭，說：「對啊，就是他。」

高豐問：「董昇怎麼了？我們公司委託他辦理一樁在商務部審批公司合併的案子，這有什麼問題嗎？」

瘦檢察官說：「高豐，你老實交代，你爲了公司能夠合併這個案子，都做了什麼了？」

高豐眼睛瞪大了，此時他大致明白檢察官爲什麼找自己了，他看著瘦檢察官，說：「你們是因爲這個案子才來找我的？」

瘦檢察官笑笑說：「對啊，董昇和崔波等人被我們收押了，他們已經坦承了你跟他們之間行賄的事實。」

高豐這時候才知道自己做了最大的傻瓜了，原來這一切的源頭都是在董昇和崔波這裏，自己卻絲毫沒有察覺到這一點，把這些年所做的違法事情全部說了出來。

他此刻充分了解到這些坦白對自己的嚴重危害，如果僅僅是商務部這件事，他的刑責應該不會太大，可是現在他說出來的這些犯罪行爲，已經足以讓他在牢房裏待個十年八年之多了。

他不由懊悔的叫了起來：

「嗨！你們早說啊。我真是被這兩個傢伙害苦了。檢察官同志，你們聽我說，我們公司到商務部去審批這個合併案，各方面都是合法合規的，偏偏崔波這個王八蛋想要勒索我們，故意跟我說這個不行那個不行，說是只有找董昇這傢伙去辦理才會順利，我也是被逼無奈，只好去委託董昇，付了一筆高昂的代理費給他，也就想圖個順利。崔波這還不算，還藉口說家裏裝修錢不夠，又跑到我辦公室去，跟我借了一筆錢。檢察官同志，你們要知道，在這件事情上我不是犯罪者，我才是受害者，我是被勒索才不得不這樣做的。」

胖檢察官笑了起來，說：

「對，我們現在知道你確實是受害者了。不過，在其他你交代出來的犯罪行爲中，你總不會認爲自己也是受害者吧？」

高豐長嘆了一口氣，說：「嗨，枉我還自覺聰明呢，我才是真的傻瓜。」

瘦檢察官看了高豐一眼，說：

「高豐，你別懊悔了，你知道這叫什麼嗎，這叫天網恢恢，疏而不漏，只要你做了作奸犯科的行爲，早晚是要被懲罰的。你應該慶幸被發現的早，你的罪過還輕，真要到你騙走了海通客車全部資金的那一刻，恐怕你要在牢房裏度過你的下半生了，那時候你再後悔都已經晚了。」

高豐坐在那裏，真是欲哭無淚，想笑笑不出來，只好搖了搖頭說：「這都是什麼事啊？老天爺真是會跟我開玩笑，到這個時候，我真是不知道該說什麼了。」

胖檢察官笑笑說：「以後你怕是會有很多空閒時間了，你可以在牢裡好好想清楚這些都是什麼事了。」

高豐被送回了監室，一路上，他渾身一點氣力都沒有，兩腳軟綿綿的，就像踩在棉花上面一樣，他知道前面等待他的，一定是法律的嚴懲，那時候，他不會再像做百合集團董事長那麼忙碌了，真是像胖檢察官所說的，會有很多空閒時間來回顧以往做這些事情的對與錯了。

只能說這一次自己算是徹底栽了，人還真是不能得意忘形啊。

傅華在賓館待的時間卻比預期的要長，連續過了十天都還沒有放他出來的意思，劉檢察官跟他說，因爲伍弈在香港一直還沒回來，檢察院這邊也不敢驚動香港方面，更不能直接打電話給伍弈，生怕伍弈察覺到任何風吹草動，滯留在香港不歸，那樣就無法讓伍弈到案了。

傅華也有些害怕伍弈不能回來，那樣自己就無法說清楚了。雖然到最後無法追究自己什麼，可是恐怕他再也無法得到組織上的信任，那自己的政治生命怕是也就要終結了。

雖然傅華並不十分在乎駐京辦主任這個位置，可是這事關他在北京這段時間經營的事業，事關他的個人形象，他就不得不在乎了。他不想就這麼不清不楚，這跟他一向清白做人的原則是不一致的。

傅華也十分擔心在外面的趙婷，自己協助調查這麼多天，趙婷在家會是什麼樣子呢?這個平常一定要抱著自己才能入睡的老婆肯定要急壞了，她不知道會多擔心自己啊。

這些日子，傅華跟劉檢察官混得有點熟了，就跟劉檢察官提出要檢察官幫他通知趙婷一聲，說自己在這裏沒什麼事，很快就會回去的訊息。

劉檢察官笑說：「你這人還真疼老婆，不過不行啊，我沒這種權限。你也不要太擔心，你一直都是被以協助調查的名義留在這裏，我想你老婆這段時間肯定沒少找律師，律師會告訴她協助調查究竟是什麼意思，我想她不會太爲你擔憂吧。」

傅華說：「不行啊，我是知道我老婆的，她如果不知道我的確切消息，是不會安心的。」

劉檢察官說：「那也不行啊，我們是有保密紀律的，我不能告訴她案件確切的消息，你也別太著急了，有消息說，伍弈馬上就會回來了。」

傅華有些無奈地嘆了口氣，此刻他忽然覺得相比起對親人的牽掛來，什麼事業，什麼職務，都是無關緊要的東西，只要家人在一起，比什麼都好。原來自己向來都是本末倒置，把本來沒什麼的東西看得太重了，真正應該珍惜的反而忽視了。

這時候，傅華對趙婷心中不無愧疚，從兩人在一起的那一天起，趙婷都是全身心的看顧著他，而他對這一切不但受之安然，還整天忙於工作，很少顧及趙婷的感受。

原來自己一直這麼幸運，有一個真心實意愛著自己的老婆在身邊。這次肯定害趙婷擔心壞了，出去之後，自己一定要好好對她，以回報她對自己的好。

高豐揭發了辛傑受賄參與挪用公款，北京檢察院自然不能置之不理，將這一情況通報給海川市檢察院。於是海川市檢察院收到了北京檢察院的情況通報，說海川市海通客車的廠長辛傑涉嫌受賄、挪用公款，要海川檢察院依法查辦。

海川檢察院檢察長易仁接到這個通報，知道案情重大，而且涉及相當級別的官員，趕忙拿著通報找到了市委書記孫永，說：

「孫書記，我們接到這個通報，您看該怎麼辦？」

孫永一看通報，心中不由大喜，這可是一個對自己很有利的事，辛傑總算出問題了，這是可以大作文章的，順藤摸瓜，說不定會牽涉到徐正身上。

他自從王畚那裏回來，心裏對徐正就更多了一塊心病，他總認爲徐正一定會影響自己的仕途上升，不將徐正趕出海川，他心裏總是不舒服，現在總算有個機會可以整一整徐正了。

孫永一臉嚴肅，說：

「易檢，這還用問嗎？查，一定要查，而且是徹查到底。我們都被海通客車表面上的興旺矇騙了，沒想到海通客車存在這麼大的問題，而且竟然是從北京方面被發現，我們的紀律檢察系統應該檢討一下了。並且涉及這麼大的金額，肯定問題不止辛傑一個人，必須好好徹查，無論牽涉到誰，都要追查到底。」

易仁說：「那我們馬上就對辛傑採取措施嗎？」

孫永說：「當然了，你還等什麼？」

易仁說：「那行，我們馬上就拘留辛傑。不過，辛傑是市管幹部，抓人之前要不要跟徐市長打個招呼啊？」

孫永說：「現在案情重大，請示太多人會洩露案情的，先不要請示他了。他如果有什麼意見，回頭我跟他解釋。」

「那行，」說著易仁就要離開，孫永說：「易檢，你先等一下。」

易仁停住腳步，看了看孫永，問道：「孫書記還有什麼指示嗎？」

孫永說：「現在海通客車的蓋子被揭開了，問題觸目驚心，我想這件事情，恐怕辛傑一個人沒有這種膽量去做的，要注意他上面是不是有人故意縱容或者跟他勾結，調查不能局限於辛傑本身，要找到這個問題的根源，徹底根除海通客車存在的腐敗，你明白我的意思嗎？」

易仁是孫永直接掌控下的幹部，跟孫永向來走得很近，孫永這麼點他，是想讓他將這把火引到徐正的身上。易仁心領神會，點了點頭，說：

「我明白，我會加大偵查力度的。」

孫永說：「你明白就好，去吧。」

易仁回到檢察院，就馬上部署了對辛傑的抓捕，出動了幹員組成專案小組，親自掛帥擔任組長，反貪局局長蔣舉擔任副組長，立即展開了周密的偵查。

辛傑被帶到檢察院之後，在專案小組強大的攻勢之下，很快就交代了全部的細節，參與挪用公款的財務科科長王兵、百合集團駐在海通客車的總經理錢飛也先後被抓捕歸案。

辛傑事先毫無預兆的被抓，讓李濤十分驚訝，這是市級企業的管理者被抓，李濤不得不問個爲什麼，他找到了徐正，問徐正是否知道是什麼情況。

徐正也是一頭霧水，自己手下的一名重要幹部被抓，可並沒人來跟他這個市長說是爲什麼被抓的，按照常規來說，是應該有人跟自己通報的，這讓徐正心中也是十分的惱火。

李濤說：「要不問一問檢察長易仁吧，他總知道情況吧。」

徐正就打電話給易仁，問：「易檢啊，你們爲什麼要抓辛傑啊？怎麼也不跟市政府說一聲呢？」

易仁說：「不好意思，徐市長，這個案子還在調查當中，我不方便跟您透露案情。」

徐正愣了一下，說：「你搞什麼，你要抓市政府直管的幹部，起碼跟我們市政府打聲招呼嘛。你這麼不聲不響就把海通客車的廠長抓走了，這會影響海通客車的生產，知道嗎？」

易仁說：「對不起徐市長，我們抓人之前請示過孫記，孫記說案情重大，不能洩露出去，就讓我們先抓了再說。」

徐正一聽是孫永不讓易仁跟自己彙報的，心裏頓時打了一個問號，孫永這是什麼意思？爲什麼不讓易仁跟自己請示？難道他抓辛傑，目標是衝著自己？

雖然還弄不清楚辛傑究竟出了什麼問題，可是辛傑肯定是在海通客車跟百合集團合作的過程中出問題的，這是不容質疑的。而這個合作項目是自己的一項政績，孫永拿辛傑開刀，不用說是項莊舞劍，意在沛公，而自己顯然就是那個沛公了。

孫永這簡直是欺人太甚，即使自己和他之間存在嫌隙，可是也不能明目張膽的這麼做啊，徐正心裏越發的惱火，可是也不能發作什麼，他並不知道案情究竟如何，辛傑到底犯了什麼罪，貿然發火，如果到時候辛傑確實涉嫌重大，那自己就很尷尬了。

徐正心裏很清楚易仁跟孫永走得很近，他從易仁這兒是無法知道真實情況的，不過，這個易仁也是需要敲打一下的，便說：

「那現在你已經把人抓了，總應該跟市政府通報一聲了吧？」

易仁笑笑說：「對不起啊，徐市長，這些天忙著抓人，一直沒時間跟您說這件事情，現在您打電話來，我也正好跟您說一聲。」

易仁這種不在乎的態度，讓徐正更爲光火，匡的一聲將電話給扣了。

李濤在一旁說：「怎麼，易仁不肯透露情況？」

徐正說：「是，易仁說這是孫永同意的。老李啊，人家故意不讓我們知道，居心叵測啊。」

李濤納悶說：「這是孫永佈置的？」

徐正說：「不清楚，可是是孫永批准的。」

李濤說：「那我問一下反貪局局長蔣舉吧，他跟我私下的關係很好，問他應該會知道一點情況。」

徐正心裏也想弄明白究竟是怎麼回事，就說：「那趕緊問一下吧。」

李濤撥了蔣舉的手機，蔣舉接通了電話，笑著問道：「李市長親自打電話來，有什麼指示嗎？」

李濤說：「你這小子，就會油腔滑調的，我就不能給你打個電話了嗎？」

蔣舉笑笑說：「能，怎麼不能，歡迎領導多打電話來關心關心我。」

李濤說：「好啦，別來這一套了。你現在說話方便嗎？」

蔣舉說：「我在自己辦公室，說話方便，有什麼事情嗎？」

李濤便問：「我剛聽到消息，辛傑被你們抓進去了，能告訴我什麼原因嗎？」

蔣舉說：「你問這件事情啊，是這樣，海通客車不是和百合集團合作嗎，現在百合集團的高豐出事了，他供出跟辛傑勾結，從海通客車挪了一億的資金出來。高豐給辛傑兒子提供留學費用，還幫辛傑這傢伙包養了一個小三。所以北京檢察院通知我們，我們就抓了辛傑。」

李濤說：「原來是這樣。那行，我就瞭解一下這個情況。」蔣舉就掛了電話。

李濤把內情跟徐正說了，徐正不由得有些生氣，說：

「這種事有什麼不能告訴我的？難道我會包庇辛傑不成？這個孫永真是豈有此理。這個辛傑也不夠意思，我們培養了他這麼多年，怎麼被人一收買就上鉤了。不過老李，我徐正可以保證在這個項目上沒貪一絲一毫，你是不是也像我一樣沒問題啊？」

李濤笑了笑說：「我做事你又不是不瞭解，這種混帳事我是不做的。」

徐正說：「那就好，反正我們行得正，就不怕他們瞎折騰，就讓他們去查吧。」

李濤說：「是啊，孫永怕是白費心機了。看來這一次北京發生的事情不小啊，高豐這麼大的集團董事長都被抓了。對了，前幾天我跟你說過，駐京辦的主任傅華也被北京檢方帶走了，當時還不知道是爲了什麼事情，現在看來，可能也是因爲高豐這檔事。高豐可是他帶來海川的。」

徐正十分意外地說：「傅華也犯這種錯誤？不像啊。」

李濤說：「現在的幹部誰說的清楚？就說辛傑吧，他不被抓，我們都還覺得他是一個不錯的幹部呢。現在具體情形還不清楚，北京檢方還在調查當中，不過時間過去也有幾天了，雖然檢方一直沒給出一個明確的答覆，可是如果沒事，不是早就應該放出來了？昨天林東還跟我請示，傅華一直不回來，現在駐京辦的工作怎麼辦？」

徐正看了看李濤，說：「老李啊，你說怎麼辦？」

李濤對傅華印象不錯，他覺得在結論沒出來之前，應該暫時保留傅華的位置，便說：「傅華究竟有沒有涉案還不確定，要不再等幾天看看？」

徐正說：「等什麼？老李，你又不是不清楚，被檢察院請進去的人，有幾個能沒事出來的？駐京辦現在的家當也很大，不可一日無主啊，我看就讓林東暫時代理主任吧，等傅華的問題明朗了，我們再研究替代他的人選。」

徐正就任市長以來，對傅華就一肚子意見，他早就有換掉傅華的念頭了。先是融宏集團陳徹給了他一個下馬威，後來又在趙凱那裏被含沙射影地教訓了一通。這些都與傅華有很大的關係；這個高豐又是傅華拉來海川的，這一次雖然徐正知道辛傑的事情牽涉不到他，可是總是海通客車和百合集團的合作出了問題。

這原本是他的政績，現在明顯是敗筆了，這讓徐正更是遷怒於傅華，不是這傢伙，就沒有這檔子事了。

前段時間，徐正不得不暫時忍讓傅華，那是因爲一方面徐正自己在海川立足未穩，而且海川新機場項目也需要傅華在各部委的溝通才能順利進行；另一方面，徐正也找不到正當的理由。現在形勢已經不同了，徐正在海川政壇已經穩穩的站住了腳跟，而新機場項目也順利的列入國家機場建設規劃當中，後續的審批只需要按部就班去做就行了。這時候傅華就變得可有可無了，現在傅華被檢察院帶走，正好給了徐正一個很好換掉傅華的理由。

徐正這口氣在肚子裏已經憋得很久了，現在總算有機會能出出氣，又怎麼能輕易放過傅華呢？因此他便提出來讓林東暫時代理主任。而且在他心裏已經宣判了傅華這個駐京辦主任是有罪的，即使傅華什麼事都沒有被放出來，他也不想再讓他擔任這個主任職務了。

李濤並不清楚徐正心中真正的想法，不過目前傅華已經被北京檢察院帶走，他也無法爲傅華爭取什麼，只好說：「那好吧，我正式通知駐京辦，就由林東暫時代理主任吧。」

鬼迷心竅

易仁看了辛傑一眼，說：「老辛，你這倒是何苦呢？你的級別也不低了，上面給你的待遇也不能說差，你怎麼就這麼糊塗呢？」
辛傑嘆了口氣，說：「老易，我是鬼迷了心竅啊，唉，現在說這些有什麼用呢？」

海川反貪局很快查實了辛傑的一切犯罪行爲，這個案情本來就不是很複雜，只是金額比較大了點而已，蔣舉就把案情匯總了，跟易仁做了彙報。

易仁聽完蔣舉的彙報，坐在那裏半天沒說話，案情的結果並沒有涉及到徐正，這可與孫永提出來的要求不太符合。

易仁這不陰不陽的態度弄得蔣舉有些不自在起來，便問道：「易檢，您對這個案子有什麼意見嗎？」

易仁看了看蔣舉，說：「老蔣啊，你是不是太輕視這個案子了？」

蔣舉愣了愣，說：「沒有啊，接到這個案子之後，我按照易檢您的指示，動員了反貪局裏的精幹力量，全力以赴偵辦這個案子，才這麼快把案件全部查清楚了。」

易仁砸巴了一下嘴，說：「你們是不是辦得太快了，這裏面就沒忽視什麼線索？」

蔣舉不解地說：「沒有哇，我們沒有忽視什麼線索啊。」

易仁說：「不對，肯定有些問題你們沒追查到底，比方說，我只是打個比方啊，如果沒人支持或者縱容，辛傑怎麼可能有這麼大膽量，敢挪用一億的資金，這方面的因素，你們辦案過程中是不是忽略了。你不要有什麼顧慮，孫書記指示過了，這個案子不論涉及到誰，都要一查到底。」

蔣舉仍說：「不是，易檢，我們查得已經很詳細了。」

易仁不高興的瞪了蔣舉一眼，說：「什麼很詳細，你現在查的範圍根本就是局限在北京檢方的通報範圍，這還用你查嗎？人家都通報的清清楚楚了，你根本就沒有深究其中的根源。」

蔣舉說：「易檢，對辛傑的調查真的已經很……」

易仁不高興的一擺手，打斷了蔣舉的話，說：「好啦，你這是什麼工作態度？認真一點不好嗎？真的不知道你在想什麼，這件案子你不要管了，由我親自來抓。」

蔣舉沒想到易仁對這個案子會這麼熱衷，還想要爲自己爭辯，可是易仁已經不想聽下去了，說：「你回去吧。」蔣舉就這樣被趕出了專案小組，隨即易仁提審了辛傑。

辛傑跟易仁早就認識，看到易仁，苦笑了一下，說：「老易，這個案子用得著你親自出馬嗎？」

易仁看了辛傑一眼，說：「老辛，你這倒是何苦呢？你的級別也不低了，上面給你的待遇也不能說差，你怎麼就這麼糊塗呢？」

辛傑嘆了口氣，說：「老易，我是鬼迷了心竅啊，唉，現在說這些有什麼用呢？」

易仁就又詳細地詢問了一遍案情，辛傑說的跟蔣舉彙報的內容大同小異，看來真的問不出什麼來了。

易仁有些不甘心，看了看辛傑，問道：「老辛啊，到了這個地步，我想你也不要爲人遮掩什麼了，你跟我說實話，在這個海通客車跟百合集團合作的項目中，有沒有人跟你們打招呼，或者要你們多關照一下百合集團？」

辛傑說：「這個倒沒有，徐市長和李副市長參加了合作談判，但是他們想的都是爲海通客車爭取利益，想的是如何促進兩家達成合作，並沒有什麼特別要求我們關照百合集團的。」

易仁又問：「他們真的就沒有一點特別的指示？」

辛傑說：「沒有啊，只是後來徐市長跟我談過一次話，說別人都說我是他的人馬，他也是這麼認爲的，還說願意給我提供必要的庇護。」

徐正竟然說會庇護辛傑，這可是一個很好的線索，易仁眼睛亮了，說：「徐正真的這麼說過？」

「當然是真的啦，」辛傑忽然感覺易仁話中有話，便看了看易仁，警惕地問：「老易啊，你這是什麼意思？」

易仁說：「我是想落實一下，有沒有領導參與到這個案子之中，老辛啊，我這也是爲你著想，你要知道，如果是有人關照你這麼做，你的罪責可能會輕一點。」

辛傑說：「可是我挪用公款這件事情，徐市長真的沒參與過，也沒有其他領導參與過。」

雖然辛傑說得很清楚了，易仁還是想往徐正身上引，便笑笑說：「可能他沒親身參與，可是如果他跟你說，有什麼事情都可以庇護你，你是不是做起什麼事來也膽子大一些。也許他本身就受過百合集團的賄賂，才會這麼說的。」

雖然易仁說的已經夠露骨了，可是辛傑並不想無辜牽累他人，便說：「可是徐市長跟我說這句話的時候，我已經挪用了公款，與這件事情無關的。」

易仁看了辛傑一眼，不滿意地說：「老辛，到這個時候了，你怎麼還把事情往自己身上攬啊，你想沒想過，如果不是市政府領導對你們這麼縱容，你能有機會做這樣的事情嗎？」

辛傑仍然堅持地說：「不是，老易啊，這件事情是我做錯了，市政府方面真的沒有故意縱容我，如果徐市長說過這種話，也是想我好好幹，根本不是你理解的意思。」

易仁見辛傑這麼堅持，大家都是聰明人，他也就不好再故意去引導辛傑說什麼了，只好說：「好了，我知道了。」

易仁就繼續審問下去，審問完，讓辛傑看筆錄，辛傑看到筆錄上記錄了徐正跟他說的那句願意提供庇護的話，就點了點筆錄，說：「老易啊，這句話有必要記上去嗎？」

易仁笑笑說：「老辛，你這個人真是的，徐市長說過這句話不假吧？我在上面又沒有給你做什麼解讀，沒問題的。」

辛傑說：「可是我看上去，這句話記在這裏總是有些別的含義，容易讓人誤解，是不是可以刪掉？」

易仁不耐煩地說：「又不是故意給你加上去的，事實就是如此嘛，不能刪。」

辛傑現在身陷囹圄，心中對易仁也有幾分害怕，也就沒再堅持，在筆錄上面簽了自己的名字，按了手印，確認了筆錄的真實性。

易仁看了看筆錄，心中並不十分滿意，可是他知道無法再追下去，看來最多也就是這個樣子了。

易仁帶著筆錄找到了孫永，把筆錄給孫永看了，說：「孫書記，經過審訊，辛傑的供詞就這麼多。」

孫永看了看說：「不能再追下去了嗎？」

易仁搖搖頭說：「沒辦法了，這句徐市長願意提供庇護的話，還是我強要留在筆錄上的，辛傑還想要刪掉呢。」

孫永說：「可這樣並不能說明什麼啊，更不用說給徐正造成什麼麻煩了。」

易仁說：「目前看只能這樣了，辛傑那裏追不出什麼東西了。」

孫永把筆錄放下，坐在那裏想了一會兒，他腦海裏很快形成了一個計畫，只是不知道到時候徐正上不上鉤，不過就他瞭解的徐正的個性，徐正上鉤的可能性是很大的，便說：「這份筆錄也不是一點用處沒有，只是要看我們怎麼用了。」

易仁不明白地說：「孫書記的意思是？」

孫永說：「海川肯定有很多人都在關注這個事件，我要你儘量將這份筆錄保密。你回去在專案小組上重申一下保密制度，就說案件還在繼續深入調查當中，要求上上下下不准對外洩露案情，尤其是這份筆錄的內容不准對外洩露一個字。」

易仁笑說：「孫書記，你又不是不清楚日下的保密制度，沒有什麼能保住密的。也許你不保密，別人還沒興趣知道，可是你一保密，怕是很多人都會對此感興趣，反而讓這份筆錄的內容洩露得更快。更何況，參與審訊的還有不少人，他們肯定已經知道了這份筆錄的內容。」

孫永笑笑，他的計畫是需要看徐正本身的反應的，說穿了就不靈了，自然也就不便跟易仁明說，便笑笑說：「你別管這些，只管這麼去做好啦。」

易仁只好說：「好吧，我就回去這麼做。」

易仁回到檢察院，就在專案小組的會議上，把孫永要他說的這套話重申了一遍，說案件還需要繼續調查，強調了保密的重要性，尤其不能洩露他最新這一次提審辛傑的筆錄內容。

蔣舉被排除在專案小組之外，心裏早就有一肚子意見，對專案小組的動向便十分注意，他很想弄清楚易仁將他排除出專案小組，究竟有什麼意圖。

易仁這次在專案小組上的講話，很快就被蔣舉知道了，本來蔣舉已經大致知道了這次提審的內容，並沒有太在意這一次提審的筆錄，他認爲自己審問辛傑已經面面俱到了，易仁就是再有本事，也無法審出什麼了。

可是易仁這麼強調這份筆錄，還說要繼續調查，一下子引起了蔣舉的懷疑，這份筆錄裏面究竟多了什麼呢？他把在審訊過程中幫易仁做記錄的檢察官私下叫到了辦公室，這個檢察官隸屬反貪局，算是蔣舉的子弟兵，因此蔣舉完全可以調動他。

蔣舉詢問這個檢察官，究竟易仁審出了什麼，要搞得這麼神秘，什麼事情不是都審得清清楚楚了嗎？還要繼續調查什麼？

檢察官說：「易檢也沒多審出什麼，只是圍繞著市裏面有沒有領導支持或者縱容辛傑這麼做，多問了幾句。」

蔣舉立刻明白，易仁真正想要的並不是辛傑的犯罪情況，而是市裏有沒有領導跟辛傑勾結，他是想抓辛傑身後的大魚。只是不知道辛傑供出什麼有價值的東西了嗎？

蔣舉問道：「那辛傑怎麼說？」

檢察官說：「辛傑也沒說出什麼來，只是說徐市長對他很支持，還說徐市長說過辛傑是他的人馬，願意爲他提供庇護。」

蔣舉又問：「再沒有別的了嗎？」

「再沒有了。」檢察官說。

蔣舉大致明白了，單憑辛傑這句話不能把徐正怎麼樣，所以易仁才會說要繼續深入調查。易仁的目標是衝著市長徐正去的，他爲了達到整徐正的目的，才會不依不饒的繼續調查這個案子，而之所以將自己踢出專案小組，完全是因爲自己沒領會易仁的這個意圖，沒有拿出能配合易仁想法的筆錄來。

蔣舉心中暗罵易仁，這不是強要入人於罪嗎？

蔣舉是一個很有正義感的人，他對易仁這種構陷他人的做法十分看不慣，他覺得有義務通知徐正一聲，可是他並沒有跟徐正直接聯繫的管道，他想到了李濤，上次李濤還特別向自己打聽過案情，是不是李濤也在關心這個案子的進展呢？據說李濤和徐正是一個立場的，如果自己通知李濤，相信李濤一定會跟徐正說的，於是蔣舉就給李濤打了電話。

李濤接了電話，說：「蔣舉，什麼事啊？」

蔣舉說：「李副市長，你上次問的辛傑那個案子，現在有了些變化。」

李濤問：「什麼變化啊？」

蔣舉就告訴李濤事情經過，並將自己的感覺說了出來。

蔣舉說：「李副市長，易仁明顯是帶著主觀性在辦案，這是十分錯誤的。」

聽完蔣舉說的情況，李濤心中一凜，他馬上就意識到易仁是在針對徐正進行調查，這對徐正可是十分危險的，現在辛傑掌握在檢察院手中，下一步辛傑會被威逼說些什麼，會出現什麼筆錄都是很難說的。

現在李濤是跟徐正站在同一陣線，自然不能看著徐正身陷險境，便說：「謝謝你蔣舉，這個事情我會跟徐市長說的，讓他多加注意。你在檢察院再聽到類似的消息，記得跟我說一聲。」

蔣舉說：「不用客氣，我也是氣不過易仁這麼胡作非爲。」

蔣舉掛了電話之後，李濤就找到徐正，把情況跟徐正說了，問徐正：「你跟辛傑說過這種話嗎？」

徐正苦笑說：「話我是說過，可是當時我是要勉勵辛傑的意思，並不是要庇護他這種作奸犯科的行爲。」

李濤說：「可這話現在再拿出來說，意思可就大變了。」

徐正說：「我明白，孫永就是想借這個機會整我，肯定會拿這個大作文章的。」

徐正本身的性格就多疑，此刻孫永這麼做，更是令他聯想到許多事情。儘管他在海通客車這件事情上沒有什麼違法的地方，可是他怕辛傑被威逼胡亂攀咬，到時候有些事情還真是難以說清楚。雖然這不能對他造成什麼特別的傷害，可是社會風評和輿論觀感就會很差了。

好比筆錄上記錄的這句話，本來沒什麼用處的，可是被易仁說要保密這麼一搞，別人肯定會以爲是辛傑咬出了徐正，檢察院不敢深查，才會要求對這件事情保密的。孫永和易仁就是想要達到讓海川市幹部誤會的這個目的。

李濤說：「現在易仁把住了辛傑不放，誰知道下一步他們能整出什麼來啊。」

徐正也害怕李濤說的這種情形，便說：「不行，我不能任由孫永這麼整我，我找他去。」

徐正去了孫永的辦公室，坐定後，徐正說：

「孫書記，我聽到一個情況，是關於現在調查的辛傑的案子，有人說，辛傑供出我也與這個案子相關，我想問一下，究竟是怎麼回事？」

孫永心中暗自竊喜，徐正這傢伙果然沉不住氣，竟然找上門來了。好哇，我就是想要你找上門來。孫永笑笑，給徐正來了一個不認帳，說：

「沒有啊，我怎麼沒聽說啊？再說，我們都是省管幹部，可不是一個檢察長就敢隨便調查的。」

徐正說：「孫書記，你就別裝糊塗了，易仁在查什麼你又不是不知道，這不都是你在安排的嗎？」

孫永心裏冷笑一聲，易仁就是在查你又怎麼樣呢？不過，我可不承認這一點。

孫永笑笑，繼續裝糊塗說：「查什麼我倒是真的知道，他是在查辛傑挪用公款的事情。這件事情我之所以沒跟你通報，是因爲這個項目你從頭到尾都有參與，我認爲你也不會想介入案件調查中，也要避嫌是吧？」

徐正見孫永還在繼續糊弄他，不由得火冒三丈，說：「是，我是參與者，可是我是清白的，我可以避嫌，但是我可不允許某些人借這個案子故意來構陷我。我告訴你孫永，別以爲我徐正是好欺負的。」

孫永見徐正翻了臉，冷笑一聲，說：「徐市長，你從哪裡知道我在構陷你了？你說這句話有什麼依據嗎？」

徐正被問住了，他不能說出自己的消息來源，那樣就把蔣舉給出賣了，他說：「反正我就是知道，你讓那個易仁一直在追問辛傑有沒有領導幹部縱容他，這是什麼居心？明明沒有卻一定要他說有嗎？這不是構陷是什麼？」

孫永搖了搖頭，說：「徐市長，我不知道你是從哪裡知道這些不實的消息，按說我們檢察院的偵察活動是不公開的，現在案情還在調查當中，這些細節我還不知道呢，你又是怎麼知道的？」

徐正越發氣惱，說：「孫永，你就別裝了，不是你安排易仁非要辛傑一定要追到我身上嗎？我可告訴你，我徐正也不是好欺負的，你想借此大做文章，誣陷我，根本就是妄想。」

孫永火了，說：「徐市長，我提醒你一下，這裏是市委，我是海川的市委書記，請你說話放尊重些。你在胡說八道什麼啊，我安排什麼了？說跟你說的這些，你把他找出來，讓他跟我對證。」

徐正自然不能把蔣舉請出來跟孫永對質，這個時候他才意識到自己來的有點衝動了，這件事情本來他是不應該知道的。

可是此刻徐正也無法退縮了，如果此刻退縮，徐正可能再也無法壓過孫永了。

徐正硬著頭皮說：「孫永，你不用裝了，那份筆錄上究竟寫的是什麼我很清楚，那麼一句話你就想做文章是不可能的，你想用易仁來整我，我告訴你，那是癡心妄想。」

孫永笑了，說：「你既然說知道筆錄的內容，那這麼失態是爲什麼？你在害怕什麼？難道你真的牽涉其中了嗎？」

徐正斥道：「胡說，我是清白的，你別瞎咬人。再說，你對一個省管幹部擅自調查，這是違規的，我可以到省裏去告你去。」

孫永笑說：「是嗎？你要去省裏告，好哇，我倒想問你一下，你說的這些可有什麼依據嗎？再說，你一個市長憑什麼來干擾檢察部門的調查？行啊，你要去告就去告嘛，看看到時候誰有理。」

徐正沒想到孫永會有這麼一套說辭等著他，看來孫永早就把一切都算計好了，因此根本就不怕自己來鬧。

雖然心知自己已經先輸了一陣，可是徐正卻不甘心咽下這口氣，他心中越發惱火，指著孫永的鼻子說：「孫永，你行，我們走著瞧。」說完站了起來，摔門而去。

摔門聲在走廊裏迴響，旁邊辦公室的人紛紛探頭出來看發生了什麼事，就看到徐正鐵青著臉往走廊走去，趕緊縮回了頭去，生怕被徐正看到。

徐正和孫永公開決裂的消息便在海川市不脛而走，人們繪聲繪色的講著孫永和徐正在辦公室裏互相指著鼻子罵對方的情形，就像他們當時在現場一樣。

伍弈總算從香港回來了，隨即被北京檢察院拘留，很快他就供出了和董昇之間的交易，承認自己是委託董昇辦理外資併購的商務部審批手續，但那只是依法委託，自己並不知道董昇跟崔波之間的交易。後來他確實又給了董昇一個紅包，不過那是因爲自己公司上市成績確實不錯，董昇提出要犒賞，他就答應了。

伍弈不同於高豐，他這些年摔摔打打，什麼風浪都經歷過，這套說辭說的十分圓滿，檢察官也拿他沒辦法。畢竟董昇和崔波、齊申的供詞都在那裏，伍弈確實也沒有直接跟崔波、齊申單獨表示什麼。這個罪責只能在董昇身上。

等到檢察官問起傅華有沒有收受賄賂時，伍弈不禁笑了，說：

「你們怎麼會懷疑他啊，那個人太正派了，又怎麼會收我的賄賂呢？說實話，這些人當中，傅華是真心幫我忙的人，也是我真心想感謝的人，可是這傢伙就是不肯收我的金卡，後來他說，我能上市這件事情是駐京辦幫忙的，就把金卡捐給駐京辦吧，這個都是有帳可查的，你們怎麼會懷疑他呢？真是滑稽。」

至此傅華的嫌疑終於被伍弈解釋清楚，劉檢察官通知傅華可以走了。

十幾天來，傅華第一次走出賓館的房間，外面的陽光顯得猛烈刺眼，讓他忍不住伸手在額頭上遮掩了一下。傅華深吸了一口清新空氣，啊，有自由真好。

傅華打開手機，趕忙撥通趙婷的電話。

「小婷啊，是我。」

趙婷半天沒有回應，過了一會兒，才聽趙婷帶著哭腔問道：「真的是你嗎，傅華？」

傅華笑說：「當然是我了，怎麼連我的聲音你都聽不出來了？」

趙婷抽泣了起來。傅華忙安慰說：「小婷，你別哭啊，我沒事了，你來接我吧，我在郊外的某某賓館。」

趙婷停住抽泣，說：「好，好，我馬上就過去。」

傅華等了將近半個小時，就看到一輛車飛速的開了過來。趙婷下了車，幾步就跑到傅華面前，一把將傅華抱進懷裏，頭靠在傅華的肩膀上開始抽泣起來。

傅華知道趙婷這些天心中十分煎熬，他也十分思念趙婷，便也緊緊抱住了趙婷。他明顯感受到趙婷的身子比以前消瘦了很多，便在她耳邊輕聲說：「好啦，小婷，我知道你受苦了，別哭了，我這不沒事了嗎？」

趙婷捶打著傅華的後背，說：「被你嚇死了，你這一被帶走就是十多天，我以爲你真的出事了呢。」

傅華被帶走的前幾天，趙婷因爲有王畚的預言，尙且還能耐著性子等待，可是隨著時間慢慢增加，心裡越來越擔心，就越來越坐不住，她開始逼著趙凱四處找人，又要趙凱去找王畚問清楚傅華究竟有沒有事。

趙凱雖然不像趙婷那麼著急，但架不住趙婷一再的催促，不得不四下找人，但凡能用到的關係他都找了，王畚那裏也打了電話，王畚的觀點還是跟之前一樣，認爲傅華很快就會出來。

就在眼見趙婷就要崩潰的時候，傅華的電話打了回來，乍時看到這個號碼，趙婷甚至有些不敢相信是傅華打的，她害怕是檢察院的人通知她，要對傅華採取什麼措施，因此半天才敢接，等傅華的聲音出現，趙婷的眼淚頓時流了下來，她總算又聽到傅華的聲音了。於是放下電話，馬上就開著車飛奔過來。

傅華輕撫趙婷的後背，笑笑說：「好啦，小婷，我這不是沒事了嗎？」

趙婷哭著說：「你現在是沒事了，可你知道我這幾天是怎麼過的嗎？」

傅華說：「我知道你在外面肯定不好過，我也想要通知你，可是他們說要保密，不肯幫我打電話通知你，沒辦法，只能讓你受苦了。」

趙婷氣說：「這些人怎麼這麼壞啊，通知一聲也不肯。」

傅華笑笑說：「他們也有顧慮嘛。」

趙婷說：「什麼顧慮啊，一點人情味都沒有。」

傅華心說：檢察機關本來就是監察的機構，對待監察的對象又怎麼會有太多的人情味呢。

「好啦，小婷，我們走吧，這個鬼地方我可是待夠了。」傅華說。

「對，對，我們不待在這個鬼地方。」

兩人上了車，傅華問：「爸爸這些天肯定爲我擔心壞了吧？」

趙婷笑說：「爸爸當然擔心你了，不過這些天他也真是被我逼壞了，我讓他到處找人打聽你的消息。」

「那我趕緊通知他一聲，我出來了。」傅華就撥通了趙凱的電話。

趙凱很快接通了，問道：「是傅華嗎？」

「是我，爸爸，我沒事了，這幾天害你爲我擔心了。」

趙凱鬆了一口氣，說：「沒事就好，你現在在哪裡，通知小婷了嗎？」

傅華笑說：「我在小婷車上。」

「那就好，這下子小婷可是不用催我了。怎麼樣？在裏面沒受什麼苦吧？」

傅華說：「我沒事，這些天我都待在賓館裏，只是沒有行動自由，也不能跟外面聯繫。」

趙凱說：「沒受罪就好，晚上帶小婷回家來，我給你壓驚。」

「好的。」

趙凱便掛了電話。

車子繼續前行，趙婷不時轉頭看看傅華，傅華被看得不好意思了，說：「好啦，我已經沒事了，以後你有很多時間可以看我了，不用這麼盯著我吧？」

趙婷笑了，說：「老公，我看看你，心就安定下來了。」

傅華笑說：「以後天天給你看，現在專心開車吧。」

趙婷又說：「老公，我跟你商量個事好嗎？」

「什麼事啊？」傅華問。

「這破駐京辦主任你不要幹了行嗎？」趙婷說。

傅華詫異的問道：「怎麼了，我這駐京辦主任惹到你了？」

趙婷說：「你看你幹這個駐京辦主任都出過兩次事情了，每一次都擔驚受怕的，值得嗎？」

傅華說：「值不值得我倒沒想過，不過這是我的職業，我也很喜歡在駐京辦工作。」

趙婷不解說：「真不知道你喜歡駐京辦什麼？官算不上什麼官，業績方面也沒什麼值得你去驕傲的。」

傅華笑笑說：「這總算是我的一份事業吧，還是給了我成就感的。」

趙婷說：「你如果想要事業，簡單啊，我讓爸爸從通匯集團給你一塊去管理，或者你不願意在他手下工作，我讓他給你一筆錢，你自己創業也行。別幹這個駐京辦主任了好嗎，我實在不想再為你擔心了。」

傅華知道趙婷是心疼他，心裏很感動，忍不住伸手輕輕撫摸了一下趙婷的臉頰，說：「小婷，我知道你是爲我好，這一次我在裏面也想了很多，比起你來，什麼駐京辦主任都不算什麼。可是我也不能說不幹就不幹，你說的那些，不管是跟著爸爸幹也好，自己創業也好，這都不是我所喜歡的。」

趙婷不高興地說：「在你眼中還是覺得駐京辦比我重要。」

傅華說：「沒有人比你對我更重要，我可以爲你辭去駐京辦主任的職務，只是我這個人的個性你也應該知道，我不是那種願意仰人鼻息或者無所事事的人。」

趙婷聽傅華這麼說，臉上有了笑容，說：「你這傢伙確實是，讓你跟我一樣每天都不做事怕你也受不了。好啦，你還想做駐京辦主任那就做吧，只是不要再招惹像這樣的事情了。」

傅華笑著說：「謝謝老婆大人開恩。」

趙婷說：「我不是開恩，我只是不想看你不開心。」

兩人回到家，傅華換了一身衣服，吃過午飯後，就去海川大廈駐京辦。

一進駐京辦的樓層，迎面碰到了高月，高月驚喜的說：「傅主任，你回來了。你沒事吧？」

傅華笑笑說：「沒事，我就是去幫檢察院調查點事情，現在事情調查完了，我就回來了。」

高月高興地說：「您回來就好，羅雨，快出來，傅主任回來了。」

羅雨從辦公室探出頭來，看到傅華，也高興的迎了過來，說：「傅主任，你可回來了。」

傅華笑笑說：「小羅，這些天還好吧？」

羅雨點了點頭，說：「我很好。」

傅華說著話，就往自己的主任辦公室走，羅雨看到傅華往主任辦公室走，臉色變了變，說：「傅主任，你剛回來，有些事情還不知道吧？」

傅華停住了腳步，問道：「發生什麼事情了，小羅？」

羅雨有點尷尬的說：「傅主任，是這樣，你被檢察院帶走的這段時間，市裏面宣布由林東暫時代理主任，現在這個辦公室是林東在用。」

傅華心裏就有了幾分不自在，這林東也太心急了吧，就算任命他代理主任，自己的事情上面也還沒有一個明確的結論，有必要這麼急就搬進自己的辦公室去嗎？這傢伙想這個主任想瘋了，一點同事之誼都不顧。不過現在自己已經回來了，想來林東這個代理主任也做不了幾天了，且看他能囂張到幾時。

傅華笑笑說：「沒事，小羅，既然林東代理了主任，我回來了，也是應該跟他說一聲的。」

高月在一旁說：「傅主任，你不跟他一般見識就好。」

傅華說：「我沒事。」傅華伸手敲了敲門，現在鵲巢鳩佔，他進自己的辦公室竟然還需要敲門，心裏更是有些別樣的滋味。

門內林東喊了一聲進來，傅華就推開門走了進去，見林東大大咧咧正坐在自己的辦公桌後面。

林東看到傅華，愣了一下，臉上閃過一絲不易察覺的尷尬，眼神不敢去看傅華的眼睛。不過林東很快就鎮靜下來，乾笑了一下，說：

「傅主任回來啦，你沒事吧？這些天大家都爲你急壞了，四處打聽你出了什麼問題呢。」

傅華笑笑說：「我沒事，謝謝大家的關心了。」

「沒事就好，沒事就好。」林東說著，站起身迎過來跟傅華握手，說道：「有件事情要跟傅主任解釋一下，你被檢察院帶走之後，市裏說單位不可一日無主，就任命我代理了主任。這個請傅主任諒解。」

林東雖然嘴裏說請傅華諒解，神色間卻透露出幾分掩飾不住的得意來。傅華心說，你這一副小人得志的樣子，你以為你能坐得住這間辦公室嗎？相信只要市裏面知道我回來了，你的代理主任就做到頭了。

傅華說：「林主任客氣了，既然是上面的意思，我就沒什麼資格諒不諒解了。」

林東笑笑說：「傅主任明白就好。」

林東將傅華領到沙發那裏坐下來，轉身去給傅華倒茶。傅華看了看這自己再熟悉不過的環境，原本屬於自己的一些個人物品都不見了，換上了林東的東西，看來這林東的動作還真是快啊。

林東倒好了茶，遞給傅華，笑笑說：「傅主任你不要擔心，你的東西我都給你收在倉庫裏了，丟不了。」

這一番喧賓奪主讓傅華心中暗自好笑，他看了看林東，笑笑說：「林主任，我現在回來了，你看是不是跟市裏面彙報一下？」

林東的臉不經意地抽動了一下，他最擔心的就是傅華什麼事都沒有從檢察院回來，他這個主任就做到頭了。可是偏偏傅華就是沒什麼事情從檢察院安全出來了，這讓林東心裏也有些不是滋味，自己這個代理主任難道真的這麼短命？

不過，他無法阻擋向市裏彙報傅華回來這件事情，便說：「應該彙報的，傅主任，你看是由我彙報，還是由你彙報？」

傅華說：「那就我跟市裏面說一聲吧。」

林東心想誰彙報結果都是一樣的，便說：「行啊。」

傅華就撥通了市長徐正的手機，電話通了，是徐正的秘書劉超接的，劉超說：「是傅主任啊，你出來了，沒什麼事情吧？」

「劉秘書啊，對，是我，我出來了，檢察院約我去是協助調查，現在調查完了，我就沒事了。徐市長呢？」傅華問說。

劉超說：「徐市長在開會，你有事嗎？」

傅華說：「也沒別的事，就是想跟徐市長說一聲我出來了。」

劉超說：「好，徐市長開完會，我會跟他說一聲的。」

傅華還想說些什麼，可是卻不知道如何開口，只好跟劉超說了一聲謝謝，就掛了電話。

沒聯繫上徐正，就沒辦法明確市裏對自己這次被協助調查有什麼說法，傅華再坐下去就沒有什麼意思了，就站了起來，說：「那林主任我先回去了。」

林東也很尷尬，巴不得傅華趕緊離開，就跟著站起來，說：「行啊，你回去好好休息幾天吧，這邊如果有什麼消息，我會通知你的。」

林東說得好聽，讓傅華回家休息，其實他才沒那麼好心呢，他只是覺得在市裏沒有明確的指示之前，他和傅華同時都待在駐京辦會很難受的。

傅華離開了這原來屬於自己的辦公室，去了章鳳的辦公室。

章鳳見到傅華很高興，說：「你出來了？沒事吧？」

傅華笑笑說：「什麼我出來了，根本就沒進去過，我是協助調查。」

章鳳笑說：「好啦，不管什麼協助不協助了，沒事就好。回駐京辦了？」

傅華點點頭，說：「回是回了，不過我的職位被人代理了。」

「你不是回來了嗎？那個林東還代理個屁啊？」章鳳說。

「事情不是那麼簡單的，市裡對我目前還沒有個說法，我不能就這麼又做回主任的位置。你知道林東代理主任的事情了？」

章鳳說：「哪能不知道，你沒看林東那架勢，一代理上主任，馬上就發通知給我們，要代替你出任董事長，被我們和趙董頂了回去，說你是被公司董事會任命的董事長，不經過董事會討論，他不能取代你的位置。」

傅華笑笑說：「謝謝你們對我的支持。」

章鳳說：「我們當然支持你，那個林東算什麼東西，他幾次想在酒店白吃白住都被我擋了回去，他這麼急著要當這個董事長，還不是想占酒店的便宜。」

傅華笑說：「這傢伙就是大氣不起來。」

章鳳說：「他就不是一個做董事長的人，我怎麼看他怎麼不像那塊材料。」

傅華說：「你沒什麼事情就好，我要先回家了。」

「你回去休息幾天也好，我相信你們市裡肯定很快就讓你坐回主任的位置的。」章鳳說。

傅華就離開酒店，回了自己的家。

趙婷見他這麼早回來，驚訝地問道：「怎麼這麼快就回來了？」

傅華笑說：「我的主任被代理了，坐在那裏也挺尷尬的，就回來了。」

趙婷說：「什麼代理，你這不回來了嗎？」

傅華解釋說：「這要等市裏有說法才行。」

趙婷偷笑說：「其實他們不讓你再做了才好。」

「那好，如果他們真的不讓我再做了，我就天天在家裏陪你。」傅華說道。

趙婷高興地說：「這可是你說的。」

惡人先告狀

徐正一聽，就知道孫永肯定是惡人先告狀了，
也不知道孫永在程遠面前說了什麼，反正孫永肯定是不會說什麼好話的。
這傢伙真是太壞了，自己都已經忍氣吞聲了，
這傢伙竟然還變本加厲，先來找省委書記告狀。

徐正開完會，劉超跟他說傅華打電話來，徐正愣了一下，說：「他打電話來幹什麼？」

劉超說：「也沒說什麼事情，只是說他沒事了，被放回來了。」

徐正心裏彆扭了一下，這傢伙竟然沒事就出來了，這不是給我添堵嗎？原本徐正認為傅華的事情很快就會有結果，最大的可能是傅華被拘留或者直接轉捕。他料定傅華是出不來了，本來想跟孫永商量一下，讓市委確定新的駐京辦主任人選，可是他跟孫永最近鬧得很不愉快，所以就想等傅華的事結果正式出來之後再商量，可是駐京辦也不能沒有人管理，因此才讓林東臨時代理主任一下。

這只是一個臨時因應的措施，並沒有走相關的人事程序，也不是正式的組織決定。傅華既然回來了，就應該讓他恢復職務，林東的代理自然就應該終止。可是徐正不想就這麼便宜了傅華，他想拿這次事件做做文章，最好是就此由頭，拿掉傅華這個駐京辦主任。

可這一切都需要孫永點頭，此刻自己已經跟孫永徹底鬧翻了，如果把這件事情拿去跟孫永商量，孫永的回答肯定是兩個字，不行。那樣自己不但不能懲治傅華，反而會因為連一個駐京辦主任都擺佈不了，而成為一個笑柄。

徐正明白傅華一回來就跟自己打招呼的用意，他想恢復繼續做他的駐京辦主任。徐正偏偏不想這麼做；也許擱置下來倒是一個辦法，不去搭理傅華，也不給他什麼明確的指示，就把他放在那裏，等待時機再來處置他。

徐正想到這裏，就對劉超說：「行了，這件事情我知道了。」

劉超本來以為徐正會有進一步的指示，可是看徐正已經低下頭，翻看起桌上的文件來了。劉超見徐正這個樣子，他知道徐正最近一段時間心情很煩躁，也不敢再問什麼，就退出了辦公室。

晚上，傅華和趙婷回趙凱家，趙凱看到傅華，說：「我看你這幾天倒沒變樣子。」

傅華說：「我這幾天都在賓館待著，沒受什麼罪。」

「你是沒受罪，小婷可受罪了。」趙凱心疼女兒說。

傅華趕緊攬了一下趙婷的肩膀，說：「我知道小婷受苦了。」

趙淼過來拍了拍傅華，說：「姐夫啊，很高興見到你出來，大家都在為你擔心呢，你出來我們家又恢復正常了。」

傅華輕捶了趙淼一下，算是對趙淼的回應。

趙凱問：「你回駐京辦了嗎？」

傅華點了點頭。

趙凱說：「你打電話給我的時候，我忘記告訴你，市裏已經找人代理你的主任位置了，你這一回去，是不是挺彆扭的？」

傅華回答：「是有點不太舒服。」

趙凱說：「那個叫林東的傢伙還給我們通匯集團來了個什麼通知，要當海川大廈的董事長，似乎很急著取代你啊。」

傅華笑笑說：「那傢伙原本就想爭取這個駐京辦的主任，這一次算是給了他一個很好的機會。」

趙凱搖搖頭說：「那傢伙水準不行，一點都沉不住氣，駐京辦他管不起來，更別說做什麼海川大廈的董事長了。」

傅華說：「我已經把我回來的消息通知了徐市長，想來不久駐京辦就會恢復正常了。」

趙凱搖搖頭說：「傅華啊，你可能想得太簡單了。我跟你說，你在裏面這段時間，我又跟王大師通過電話，王大師說，你這次的禍事是在蕭牆之內，真正的麻煩不是檢察院，而是你們海川市內部。我想他的話肯定是有所指的，所以你不要太樂觀。」

趙婷也說：「對啊，王大師好像是這麼說過，看來你的麻煩還沒有結束啊。」

傅華笑說：「小婷啊，你不是不信什麼大師的嗎？」

趙婷說：「你這次的事情大師說得很準，他說你肯定會沒事，結果就是沒事。他說你沒有牢獄之災，但是出來後有麻煩，現在麻煩不是就來了嗎？」

傅華聽了，笑說：「碰巧而已。」

趙凱說：「你要有心理準備，我總覺得那個徐正心術不正，說不定會拿這次事件做文章，也許你這一次真的不能再做駐京辦主任了。」

「爸爸，你放心吧，我這次在裏面待了十多天，想了很多，也明白了很多事情，我覺得家人才是最重要的，這次如果真的不能再做駐京辦主任了，那也無所謂，只要小婷在我身邊就好了。」

趙凱笑說：「看來這一次你沒白進去，其實那些功名利祿不過是浮雲，真正能陪伴我們一生，跟我們患難與共的，只有家人。」

傅華點點頭，說：「是啊。這一次我回駐京辦，看到辦公室都被占了，心裏是有些彆扭，可是並沒有感覺到不能接受，我對這些已經心淡了很多。」

孫永本來以爲徐正一定會鬧到省裏去的，那樣就把徐正跟他的矛盾公開亮到省委面前，市委書記和市長鬧成這個樣子，肯定是不利於海川市的經濟發展的，到那個時候，省委迫於形勢，一定會在他和徐正之間選擇支持一個。

孫永認爲自己被支持的可能性很大，因爲他是市委書記，是海川市的當家人，省委不論出於什麼角度去考慮，肯定是會優先支持市委書記的。再說，這件事情中，不占理的是徐正，雖然徐正叫嚷的很兇，可是他那些理由根本就站不住腳，省裏就更沒有理由支持徐正了。

就算最後省裏選擇讓徐正留在海川，將自己調離，那省委一定會想辦法補償自己的，畢竟自己在這件事情中並無過錯，那樣自己所得的利益可能更多。

反正不管結果怎樣，就算做最壞的打算，自己也不需要再跟徐正共事了，不守著這個傢伙，自己就會心情舒暢很多，大師說過，這個「正」是會妨礙自己的，所以離得越遠越好。

孫永已經打好了腹稿，以應對徐正去省裏面的告狀，可是他一連等了幾天，徐正卻絲毫沒有去省城的跡象，這傢伙原來選擇了做縮頭烏龜，根本就不敢去省裏面告自己。

這可把孫永給氣壞了。他選擇布這個局，就是想激怒徐正，讓徐正失去理智，把他們的矛盾鬧開，現在徐正選擇了不鬧，反而讓孫永全盤打算落了個空。

這怎麼可以啊？徐正這傢伙的脾氣哪裡去了，你不是要告狀嗎，告哇。

不行，這件事可不能就這樣平息下去，這樣平息下去對自己是不利的。辛傑那邊是追不出來什麼的，那句什麼庇護的話，根本就是沒什麼用的廢話，要想整走徐正是遠遠不夠的。徐正很快就會洞悉其中的隱情，明白孫永實際上並不能借辛傑的手拿他怎麼樣，知道自己不過是虛聲恫喝，到時候，徐正恐怕會更加變本加厲的欺凌自己。

還是要抓住徐正跟自己鬧翻這件事情不放，你不是不去告嗎？我去，我去告你。反正我就是要把市委書記和市長之間的矛盾公開化，逼省裏做選擇。

於是，孫永就去了省城，直接找到了省委書記程遠，說有事情要彙報。

程遠接待了孫永，問孫永有什麼事情。孫永說：「是這樣的，程書記，最近可能您也聽說了，我們那裏的海通客車出了一件大案子。」

程遠說：「我聽說了一點，那個廠長挪用了一億資金，怎麼了？」

孫永說：「海川檢察院在審問嫌疑人辛傑的時候，辛傑供出說市長徐正曾經對他說過，他是徐正的人馬，徐正會對他進行庇護。我想徐市長說這句話，可能本身沒什麼，只是一種勉勵辛傑的意思，但傳開了影響就會很不好，因此要求檢察院儘量保密，不要公開這份筆錄。可是我的好心卻被徐市長誤會了，他不知道從什麼管道知道了筆錄的內容，認爲我搞得這麼神秘，就是是逼辛傑招供這個案子與他有關，想陷他以罪，就衝進辦公室跟我大吵了一通。現在鬧得海川政壇沒有人不知道我們兩人鬧翻了。程書記，我本來是好心，沒想到卻鬧了這麼大一場誤會。」

程遠看了看孫永，問道：「徐正同志這麼不理智嗎？」

孫永說：「徐正同志可能受了什麼人的挑唆，他不知道從哪裡得知了一些小道消息，把本來是偵查辛傑挪用一億公款的案子當成了是針對他的偵查。當然，也不排除是不是他真的在其中有什麼牽涉，反正這個案子一開始，他就想方設法的打聽案情。」

程遠看看孫永，問道：「辛傑被抓，你沒跟徐正同志通報情況嗎？」

孫永解釋說：「我當時考慮徐正同志在這個合作項目中自始至終都有參與，覺得他應該回避，因此就沒跟他通氣。」

程遠說：「你這個人啊，你這樣做不是讓徐正同志誤會嗎？難怪他會認爲你是針對他了。」

孫永辯解說：「程書記，這是我不好，我這也是爲了工作的順利進行，沒有顧及到徐正同志的感受。」

程遠想了想說：「不過，你這麼做也沒錯，只是考慮的不周到。」

孫永說：「我現在也有些後悔，徐正同志跟我鬧成這個樣子，我也是有責任的，現在鬧得很多正常的工作都無法進行了，程書記您看，是不是可以幫我做做工作，必要的話，我可以當著你的面給徐正同志道歉。」

程遠笑說：「孫永同志，你是市委書記，姿態應該高一點。你也不用道歉了，你也是爲了工作嘛，這件事情，回頭我跟徐正同志談一談，我覺得他這件事情也有做得不妥的地方。」

孫永說：「那程書記您就安排吧，徐正同志如果還說不通，我是願意跟他道歉的，只要有利於海川市的工作順利進行。」

程遠說：「行了，你先回去吧，我先把徐正同志找來談談再說。」

看程遠一副肯定自己的樣子，孫永心中竊喜，看來這次自己先來是來對了，讓程遠對自己有了先入爲主的看法，到時候徐正不管怎麼辯解，程遠也不會相信啦。

孫永現在都可以想像得到徐正被程遠訓斥的樣子，徐正本來就是被自己算計了，現在再被省委書記訓斥一番，到時候不知道該有多委屈了，孫永想想都覺得好笑。

傅華在家等了幾天，徐正那邊始終沒給他什麼答覆，似乎忘了自己這個人，他忍不住再次打了電話給他。

劉超接到傅華的電話，去跟徐正彙報，徐正正在批文件，他並不想接這個電話，接了電話就要對傅華有所說法，便看看劉超，說：「就說我在開會，不能接電話。」

劉超只好跟傅華說：「傅主任啊，徐市長正在開會，不方便接聽你的電話。」

「這樣啊。劉秘書，我上次讓你幫我跟徐市長說我回來了，你跟他說了嗎？」

「哦，這個我跟徐市長說了。」

「那徐市長怎麼說的？」

劉超說：「徐市長說他知道了。」

「就這樣嗎？徐市長沒有別的指示？」

「就這樣，徐市長再沒說別的。」

徐正這個態度，傅華也不是傻瓜，心中便有些恍然，看來還真像趙凱說的，事情不是那麼簡單，自己一回來就可以重新做駐京辦的主任，一切都恢復正常，看來徐正還想拿這件事情來做文章。

傅華心灰了一下，自己從到駐京辦那一天起，就在兢兢業業的想要搞好駐京辦，可是徐正卻因爲一點私心就想來擺佈自己，枉費自己還那麼配合他跑新機場項目呢。

這些領導們的心思還真是難以捉摸啊，他們不考慮符合政府的整體利益，而是完全憑自己一時的喜惡來行事，這讓自己的工作很大一部分變成了只爲討好個人了。傅華很討厭這樣的上司，可是他也不能改變這種狀況，畢竟要指望每一個領導都大公無私，幾乎是不可能的。

劉超見傅華不說話，問道：「傅主任，你還有什麼事情嗎？」

傅華便笑笑說：「沒事啦，劉秘書。」

劉超說：「那我掛了。」

劉超掛了電話，留下傅華在電話這邊發起愣來。

這時趙婷走了過來，看到傅華發愣的樣子，推了他一把，說：「老公，你在想什麼呢？」

傅華被推醒了過來，笑笑說：「沒什麼。」

「是不是你們市裏還沒有給你什麼答覆啊？」趙婷猜道。

傅華點點頭，說：「人家對我來了個相應不理，還真叫爸爸說中了，我們這位徐大市長心眼小得很，想借機給我一個教訓。」

趙婷不屑地說：「他以為這個駐京辦主任是個什麼了不得的職務啊？他不想讓你幹，我們還不幹了呢。」

傅華未置可否的笑了笑。

趙婷說：「老公，既然那邊不給你答覆，你也別悶在家裏了，跟我出去逛街吧。」

傅華笑說：「我可不陪你去，真不知道你們女人怎麼對逛街這麼有興趣，逛起來沒完。」

趙婷撒嬌說：「人家是想讓你出去散散心嘛，老悶在家裏也不是個辦法。你不願意逛街，那我們去打高爾夫吧。」

傅華搖搖頭說：「不去，小婷啊，你讓我靜一下好嗎？」

趙婷扁了扁嘴，說：「你呀，還在想你的駐京辦是吧？」

傅華說：「不是，我在想自己下一步要做什麼。」

趙婷高興了起來，說：「是啊，你想想也好，我看你這幾天都悶悶不樂的，再悶下去，會悶出病來的。」

傅華剛想說些什麼，手機響了起來，看看竟然是伍弈的號碼，他很關心伍弈現在的狀況，就趕忙接通了電話，關切的問道：「伍董啊，你現在怎麼樣？」

伍弈呵呵笑著說：「我沒事了，謝謝老弟的關心。」

傅華有些意外，他沒想到伍弈這麼快就沒事了，便笑說：「你這傢伙，我進去了十多天才被放出來，你這正主倒這麼快就出來了？」

伍弈笑笑說：「我跟你不同啊，我的事情很容易就說清楚了，加上我現在是香港上市公司的主席，被限制自由，對我們上市公司的影響是很大的，北京檢方可能是考慮到這些因素，就趕緊把我給放了。」

傅華說：「這我可真沒想到，原本以爲你的事情很大呢。」

伍弈說：「其實也沒什麼，我好在雖然付出了一大筆代理費用，可是我沒跟崔波他們發生直接的聯繫，我的事情都是通過董昇做的，我委託董昇進行審批，本就是法律允許的，加上也沒有其他違法的事情，所以他們也不好太爲難我。只讓我這段時間不能離境，隨時接受進一步的調查。只是這一次連累老弟了，我聽高月說，你的主任被代理了。」

傅華笑說：「我沒事，正好借這個機會休息一陣子。」

伍弈抱歉說：「這件事是我不好，我本來想感謝一下老弟的，沒想到反而牽累了你。是不是市裏面有人想要難爲你啊？你看市裏需要打點什麼關係，你跟我說一聲，我來出錢，先讓你復職了再說。」

傅華聽了，笑說：「伍董啊，你又想用錢來打點一切，忘了剛從裏面出來了嗎？」

伍弈笑說：「這倒也是，那我就不去活動了，別出了什麼事，再讓老弟跟著我找麻煩。可是害老弟這樣，我心裏總是不舒服，要不這樣吧，你到我們集團來吧，我給你個副總的位置，我們哥倆一起打拚。」

傅華笑笑說：「我又不懂挖礦，去你那裏幹什麼？」

伍弈說：「不用真的去挖什麼礦，你老弟的頭腦可不是一般人能比的，你能來我們這裏，對我的幫助是很大的。如果你實在不願意來，掛個虛職也好。」

傅華知道伍弈這是變相想給自己一份工資，彌補一下，便笑笑說：「我對礦業不太感興趣，伍董，你不用爲我擔心，我還能找到吃飯的地方，實在不行，我還有我岳父那裏可以去。」

伍弈笑笑說：「這倒也是，你岳父那裏是比我這兒強。如果你有意去你岳父那裏，我就不好再說什麼了。」

傅華說：「不管怎樣，謝謝你了，伍董。」

伍弈說：「謝我幹什麼，這本來就是我害你的。」

孫永離開後，程遠就感覺到了問題的嚴重性，一個地級市的市委書記和市長公開鬧翻，這會嚴重影響到市裡的正常工作的。這種狀態不能持續下去，必須趕緊加以制止。就讓秘書通知徐正，讓他馬上到省委來，說自己要找他談話。

徐正接到通知，不敢耽擱，馬上趕去了程遠的辦公室。

程遠看了看徐正，問道：「徐正同志，知道我找你幹什麼嗎？」

徐正心中對程遠找自己幹什麼心中並沒有底，不過他知道孫永來省裏找過程遠，猜測應該跟孫永有關係，但是他並不想把自己和孫永的矛盾在省委面前公開，所以就不想提孫永這個事。

徐正搖搖頭，說：「程書記，我不知道。」

程遠笑笑說：「孫永同志找過我了，你們倆最近鬧得很不愉快是嗎？」

徐正一聽，就知道孫永肯定是惡人先告狀了，也不知道孫永在程遠面前說了什麼，反正孫永肯定是不會說什麼好話的。這傢伙真是太壞了，本來是他找自己的麻煩，自己都已經忍氣吞聲了，這傢伙竟然還變本加厲，先來找省委書記告狀。

徐正有些急了，此刻他也顧不上有些話是不能隨便說的，連忙為自己分辯道：

「程書記，你不要相信孫永的胡說八道，他根本就是想誣陷我，他把那個海通客車的辛傑控制起來，讓檢察院刻意逼供，好把一些莫須有的罪名按在我身上。」

程遠愣了一下，徐正的反應，讓他意識到問題似乎不僅僅是像孫永說得那麼輕鬆，甚至比他預想的更嚴重。看來這個問題不是批評批評徐正就能解決的。

程遠決定還是先聽聽徐正的意見，再來考慮下一步要做什麼，便笑笑說：「徐正同志，你是不是對孫永同志有什麼誤會啊？」

徐正看程遠似乎完全站在孫永的立場上說話，心中更加著急，說：

「程書記，您可不能光聽孫永的一面之詞啊，我說的都是真的，據檢察院內部一些為我抱不平的幹部向我反映，孫永讓檢察長故意把責任往我身上引，他那是故意誣陷，我在海通客車和百合集團的合作項目上清清白白，根本就沒有那種事情。」

聽徐正一個勁地為自己辯解，一個勁說孫永是在誣陷他，這跟孫永說的基本相符，徐正真的是誤會孫永利用檢察院這個案了在整他，而且孫永說的沒錯，徐正果然打聽過檢察院辦案的情況過。

程遠的臉沉了下來，徐正爲什麼要打聽這個案子，難道徐正真的跟這個案子有聯繫？還是這徐正真的被人挑唆，對孫永有了極大的意見。不管怎麼樣，這個苗頭絕不能允許發展下去。

程遠語氣嚴厲了起來，看著徐正說：「徐正同志，你這是什麼意思？什麼檢察院爲你抱不平的幹部？哪來的抱不平的幹部，抱的又是什麼不平？你打聽檢察院的辦案情況幹什麼？」

徐正馬上意識到自己犯了一個不該犯的錯誤，低下了頭，說：「程書記，是有同志跟我反映了一些情況。」

程遠說：「反映什麼情況？你不知道你作爲一個黨的幹部，是不能去干涉司法調查的嗎？你以爲檢察院調查就是刻意要整你嗎？你這個同志怎麼這麼看問題？」

徐正委屈地說：「不是，程書記。」

程遠罵說：「什麼不是，你知道孫永同志到我這裏說了些什麼嗎？他說在檢察院的調查過程中是涉及到了你，可是他認爲那並不是說你有什麼問題，那只是你對同志的一種鼓勵。同時孫永同志還認爲這份筆錄傳播出去對你影響不好，因此要求檢察院保密，這錯了嗎？」

徐正愣住了，他根本沒想到孫永會這麼說，他看了看程遠，問道：「程書記，孫永他真是這麼說的？」

程遠冷冷的看了看徐正，說：「你這個人，怎麼這麼多疑啊？你以爲孫永同志會怎麼說你？你把同志當成了敵人了吧？」

徐正低下了頭，他知道自己再一次被孫永算計了，他沒想到孫永會反其道而行之，跑到程遠這裏說什麼維護自己的話。

在他認爲，孫永跑到程遠這裏一定會添油加醋，大說自己的壞話，沒想到孫永老謀深算，根本一句壞話都沒說。相反自己急急忙忙的爭辯，還說孫永誣陷他，在兩相比較之下，他便給程遠造成一個極爲惡劣的印象。孫永這個王八蛋，不愧是政治老手，真是狡猾。

程遠看徐正低著頭不說話，接著說道：

「你的工作方法也是有問題的，什麼是你的人馬，什麼你會庇護他們，你把我們的幹部隊伍當成什麼了？土匪的山頭？我看你真是要好好反省一下了。這一點上，你要好好跟孫永同志學習，他感覺你對他有些誤會，特別找我，想讓我幫他跟你解釋，還說他願意跟你道歉。你看孫永同志這是什麼態度？你要好好跟人家學習學習。」

徐正心中氣到了極點，可是又不能發作出來，他有一種啞巴吃黃連的感覺，苦笑了一下，說：「程書記，事情真的不是孫永說的這樣子的。」

程遠看了看徐正，他能看出徐正心中是憤憤不平的，不禁暗自搖了搖頭，看來徐正和孫永這對搭檔的問題真是不可調和了，是不是應該要考慮將他們其中一個調離了？

程遠對徐正說：

「不管是什麼樣子，有些原則是必須遵守的。你對檢察院的調查工作有所懷疑，可以通過正當的途徑反映。檢察院是國家的司法機關，並不是哪一個人的小衙門，組織上如果發現他們有什麼錯誤，會依法糾正。你到孫永同志那裏拍桌子發脾氣算是怎麼回事？你眼中還有沒有組織紀律了？你這麼一鬧，你們這個領導班子還怎麼在一起工作？徐正同志，你好好想想吧。不要老是覺得別人在找你的麻煩，我相信只要心中無私，誰找你麻煩都是不用怕的。」

徐正此時明白，自己再爭辯下去也是無益，反而會讓程遠越發反感。他是知道能屈能伸的道理的，便強笑了一下，說：「程書記，對不起，我知道自己做錯了。」

程遠說：「知道錯了還不行，要知錯就改。孫永同志說，為了能夠讓工作順利進行，他願意跟你道歉，我看他在這件事情上並沒有做錯什麼，卻還有這種態度，這一點很值得你學習。」

程遠的意思已經很明白了，他是想讓徐正主動向孫永道歉，上演一場將相和。徐正不是沒聽明白，可是他這一次被孫永算計得很慘，一口火已經頂在腦門子了，只是礙於對程遠這個省委書記的尊重才沒發作出來，再想讓他開口去跟孫永道歉，那是萬萬不能的了。

徐正含糊地說道：「我知道了，程書記。」

程遠是什麼人，一看就明白徐正說這話心不甘情不願，只是迫於自己這個省委書記的壓力才這麼說。看來這徐正雖然是能幹點事，可是多疑又剛愎自用，聽不進別人的意見，實在不是一個帥才。

程遠知道再說什麼也沒用，看了看徐正，說：「行了，你先回去吧。回去後要跟孫永同志好好配合，不要因爲這件事情影響了工作。」

徐正點點頭，說：「好的，程書記。」

徐正離開後，程遠開始思考下一步孫永和徐正搭檔的班子要如何去調整了。他知道徐正是帶著情緒回去的，這個樣子的徐正，和孫永的關係是相處不好的，即使徐正說得很好聽。

海川市是東海省一個工業大市，這裏的工作可是亂不得，這兩人一定要進行調整，只是要如何去調整呢？

程遠心中明白自己在東海省的日子已經屈指可數，這個麻煩是要在自己手裏解決掉，還是放到下一任領導去解決呢？

他已經向中央推薦了郭奎接替自己這個省委書記的位置，中央對郭奎也很認可，如沒什麼大的意外，郭奎必然會接任省委書記。孫永和徐正這件事情，看來要跟郭奎交流一下意見，看他想怎麼辦。

第十章

風雲突變

原本孫永已經聽説省裏面有意要將徐正調離海川，
心裏還在為總算送走這尊瘟神而慶幸呢，
他滿以為送走了這尊瘟神，他的大好前途就不遠了，
哪裡想到風雲突變，反被省檢察院反貪局直接宣布刑事拘留。

徐正滿心沮喪的回到海川，他明白自己這一次算是被孫永狠狠地耍了一通，程遠雖然話說的很婉轉，可是對他的語氣已經很不客氣了，顯得對自己很失望。顯見程遠在他跟孫永的這場爭執之中，支持的是孫永，而對自己的表現十分的不滿意。

徐正知道，給省委書記造成這樣一個惡劣的印象，會讓今後的工作變得被動起來，起碼在一定程度上，他不敢再跟孫永直接的對抗。一旦形成直接的對抗，程遠到時候第一反應，肯定是自己這個市長還是對孫永有誤會，不肯好好配合孫永的工作，那時候受到責備的一定是自己。

想到這裏，徐正不得不佩服孫永的政治智慧，手法高明，竟然借一個本來與自己沒什麼關聯的案子，巧妙的斗轉星移，把本來徐正在海川大好的局面瞬間變成了被動，起碼在眼下，徐正就不得不看孫永的臉色行事。

還是暫且忍下這一切吧，反正程遠在東海省的日子也沒有多少了，孫永現在有程遠的支持可以囂張，那程遠離開了呢？可能接替程遠的郭奎省長對自己的印象還是很不錯的，到那個時候，看你孫永還能囂張得起來嗎？

孫永很快就得到了徐正在程遠面前被嚴厲呵斥的消息，雖然這結果不盡讓孫永滿意，可是相對來說，還是邁出了可喜的一步，起碼在省委那裏，徐正大好的勢頭受到了重挫，徐正已經無法再憑著良好的業績在海川市肆意妄爲了。

程遠對徐正的呵斥，也給了孫永叫板徐正的底氣，他很明白在這個節骨眼上，徐正是沒有跟自己對抗的本錢的。

孫永知道自己現在要做的，就是痛打落水狗，要打得徐正這條落水狗叫疼，最好是逼著他鬧到省委去。不過孫永估計徐正也沒有膽量鬧到省委去，這一次不論自己怎麼打擊，徐正必須咬牙受著。

於是在接下來的常委擴大會議上，孫永對徐正和李濤提出了措辭十分嚴厲的批評，批評他們沒有認真考察百合集團的實力，只是爲了追求政績，就盲目地跟百合集團達成合作；批評他們達成合作協議之後就以爲萬事大吉了，根本不去監督合作協議的執行情況，讓合作案長期處於一種監管的空白狀態，從而導致辛傑包養二奶，甚至挪用公款這種惡劣的後果；又批評他們被眼前的短期利益所蒙蔽，忽視海通客車的主業，反被利用去進行什麼房地產開發，盲目的求大求全，現在海通客車和百合集團合作擱淺，汽車城項目眼看就要爛尾，舊的問題還沒解決，新的問題卻又形成了。

孫永批評完這些，然後說道：

「這個教訓十分慘痛，如果不是北京檢察院及時發現高豐其他的犯罪行爲，高豐犯罪的企圖就會得逞，到那個時候，高豐不但可以將百合集團出資的金額全部抽回去，還可以一分錢不花的拿到海通客車的股份，掌控海通客車的經營，而我們市裡卻只能啞巴吃黃連，眼睜睜看著這一切的發生。這些事如果真的發生了，將是我們海川市國有資產的重大損失，在座的同志將如何面對我們海川市的廣大市民？其他同志我不知道他們是怎麼想的，我知道我作爲市委書記，是無法向廣大人民交代的。」

孫永說這些話的時候，徐正面色鐵青的低著頭坐在那裏，一副受氣的樣子。孫永看到徐正這個樣子心中暗爽，心說你平日的囂張勁都哪去了？

孫永講完，看了看徐正，問了一句：「徐正同志還有什麼要說的嗎？」

此時徐正心中沮喪至極，也打不起精神來講什麼，只是場面話的說道：「孫書記對我們市政府批評得很對，這些問題確實存在，我們開完會之後，一定會認真反省自己的問題，同時對市裏的相關企業加強監管，避免再有類似事件發生。」

孫永笑笑說：「徐正同志這個態度是正確的，有錯就要改嘛。市委提出批評，也是爲了我們市裏的各項工作順利的進行，避免再有重大損失發生。」

孫永這個以家長口吻說的話，聽在徐正的耳朵裏顯得分外刺耳，他心中越發惱火，卻也無可奈何，他的臉色越發鐵青了。

常委擴大會議上發生的事情，很快就在海川市不脛而走，敏感的人很快就察覺了海川市政壇風向的轉變。人們在添油加醋、八卦孫永和徐正這一段政治鬥爭的同時，大多數人傾向於認爲孫永得到了省委相當程度上的支持，因此才敢在會議上對徐正提出那麼不顧情面的批評。於是靠近孫永的人多了起來，而很多人開始疏離徐正了。

吳雯的西嶺賓館也是海川市政商名流常常來往的地方，是海川市政壇八卦的集散地，自然很容易知道徐正現在處境的尷尬。她一直很感激徐正爲她拿地提供的幫助，因此也爲徐正的這種處境著急。

這天恰好徐正在西嶺賓館有應酬，吳雯並沒有去工地，在賓館處理一些事務。徐正要離開的時候，服務員通知了吳雯，吳雯便出來送客。

徐正在這段時間的挫折之下，早沒有了那種志得意滿的張揚，面色顯得灰灰地。看來人還真是有氣運的，沒有了這種氣運，徐正看上去就有一種倒楣相，也許看相的就是根據這個判斷一個人的興衰吧。

吳雯匆忙趕到徐正的面前，笑著說：「徐市長，你這就要走啊？」

徐正看到吳雯，雖然他最近一直心情很不爽，可是看到這個美麗的女人，他還是感到了一種愉悅，漂亮女人什麼時間出現都是養眼的。

徐正笑笑說：「最近可是很少看到吳總啊？」

吳雯說：「最近工地上的事情多了一點，很多時候都在工地那邊。」

徐正問了一下吳雯工地現在的狀況，吳雯說一切都很好，兩人又扯了些閒話，徐正便有些意興闌珊，準備上車離開，吳雯就送徐正上車。

就在徐正要離開的時候，吳雯勸說：「徐市長，有些事情只是暫時的，我相信吉人自有天相，這些不愉快很快就會過去的。」

徐正看了吳雯一眼，見吳雯臉上笑意盈盈，便知道這女人已經知道了最近海川市發生的一切，知道了自己目前的尷尬，她這麼說，是想向自己表達支持。徐正心中感受到了一種暖意，便向吳雯點了點頭，表示他知道了吳雯想表達的意思。

過了幾天，吳雯在跟乾爹劉康聊天的時候，無意中說起了這件事情。她說：「乾爹，你說現在這個世道真是的，好人做事就是那麼難，壞人卻每每猖狂得意。」

劉康聽了，笑說：「這是自然，好人要守很多規矩，動輒得咎，每每都把自己的手腳束縛住了。而壞人卻不用，他們很多時候做事都無所不用其極，這樣看來，做好人是吃虧的。怎麼了，有什麼事惹到了你，讓你發這麼大感慨？」

吳雯笑笑說：「也不是惹到我了，是那個徐正市長，他最近跟孫永發生了一場很大的衝突，結果被省委書記呵斥了一通，現在整個氣勢都萎了，他不是幫我拿地了嗎，所以我替他不值。」

劉康問道：「究竟是怎麼回事啊？」

吳雯原本只是順口發發感慨而已，沒想到劉康會這麼關心這件事，就把她這段時間瞭解到的情況詳細的跟劉康說了。

劉康聽完，半天才說：「看來這徐正的市長位置有點危險了。」

吳雯愣了一下，問道：「乾爹，你怎麼這麼說？」

劉康說：「通常市委書記和市長鬧到這種程度，省裏是不會坐視不管的，一定會調走其中一個，而通常調走的，一般情況下都是處於弱勢的那一個。現在這個形勢看上去，明顯是孫永占上風，徐正落在了下風。」

吳雯說：「不會吧，徐正雖然暫時落到了下風，可我以前聽他們說，徐正這個市長做得還是不錯的，來海川市做了不少事情，海川老百姓對他的印象還不錯，省裏難道不會考慮這一點嗎？」

劉康笑說：「這些倒不是不考慮，但是不是主要的，要從政治的角度去考慮這個問題，徐正跟孫永這一鬧，首先一點就是不服從領導，這是官場上的大忌，除非有很強大的理由，否則沒有一個領導願意用一個不服從上級的幹部。更何況在這件事情上，徐正也是站不住腳的。如果我做省委書記，肯定會選擇將徐正調開的。怎麼，你不願意徐正離開？」

吳雯說：「也沒什麼不願意，只是徐正在這裏做市長，對我們公司是有很大幫助的，他離開是我們公司的一大損失。」

劉康說：「這倒也是，徐正繼續做這個市長對我們來說是最有利的。」

劉康沒有明說的是，他其實對徐正還有更深遠的打算，更不願意徐正被孫永擠走。

吳雯問：「那乾爹認爲徐正可能馬上就會被調走嗎？」

劉康想了想說：「我估計暫時還不會，我聽到消息，東海省省委書記可能馬上就要換人啦，這個時候，程遠調動孫永和徐正中的一個的可能性不會太大，他一定會選擇暫時穩定的。這大概也是徐正雖然鬧得很不像樣，卻仍然待在海川市的原因。程遠大概要把這件事情留給後任省委書記來處理了。」

吳雯又問：「那可不可能後任省委書記選擇留任徐正，而調走孫永呢？」

劉康分析說：「這種可能性不是沒有，據我得知的消息，這次接任程遠省委書記職務的，很可能是省長郭奎，郭奎這個人很欣賞實幹型的幹部，之前從海川市調走的曲煒市長，就是從他手裏重用起來的。所以選擇留任徐正，調走孫永也是可能的。但是這種可能性相對來說較小，更大的可能是後任省委書記將徐正調離。因爲後任省委書記上臺之後，也面臨著一個穩定幹部隊伍的問題，如果讓他選擇，我想他肯定會優先選擇市委書記留任的。更何況，這件事本身徐正就做的不對。對了小雯，我記得你跟我說過，手裏有當初王妍行賄孫永的錄影？你還留著嗎？」

吳雯說：「有啊，還保存著，怎麼，乾爹你想用它搞掉孫永？」

劉康心中既然對徐正還有打算，那徐正調離海川便是他不樂見的。同時，孫永和徐正已經徹底鬧翻了，劉康明白，在官場上鬧到這種地步，兩個人顯然是水火不容，這兩人共存於海川一定會相互掣肘的，這對他即將展開的計畫也會有影響。因此劉康覺得，無論從哪個角度上來看，再把孫永留在海川都是不利的，看來用那盤錄影的時機到了。

「對，孫永現在留在海川，對我們的發展是很不利的，是時候用這個錄影了，你回來一趟吧，把錄影給我，我想辦法處理一下，不要讓人知道這個錄影是我們寄出來的。」劉康交代吳雯說。

老謀深算的劉康馬上想到這盤錄影是不能從北京和海川寄出去的，如果從北京或者海川寄出，吳雯是從北京回去發展的，又跟王妍有過一定的瓜葛，這馬上就會讓敏感的人聯想到吳雯。

孫永也算在海川經營有些時日，就算他被搞掉，他的一些部屬還在，如果讓他們知道是吳雯在背後搞鬼，相信他們會給吳雯製造些麻煩出來的。而且官場上也沒有人會願意跟一個曾經告過密的人往來，現在的官員哪一個敢說自己是清清白白的，他們一定會害怕這個曾經告過密的人將來會告發他們。

只要有這種可能，他們就會對這樣的人敬而遠之。所以必須選一個不是這兩地的地方寄出這份錄影，讓人們以爲這份錄影是逃亡的王妍寄出來的，那樣矛頭就會針對著王妍而去。

吳雯猶豫說：「我回去一趟是可以，只是真有這個必要嗎？這麼一弄，我想孫永肯定會蹲監獄的。」

吳雯終究是個女人，對害人去蹲大牢這種事情心有顧忌。

劉康說：「當然有這個必要，孫永留在海川對我們只有威脅，而沒有好處，徐正就不同了，他對我們的用處可大了。小雯啊，你不要這麼心慈手軟，你忘了當初他是怎麼對付你的嗎？」

吳雯說：「我當然沒忘，好吧，我安排一下馬上趕回去。」

吳雯趕回北京，把錄影交給了劉康，讓劉康去處理舉報的事宜。

做完這件事情之後，吳雯想起有些日子沒跟傅華聯繫了，她聽說前段日子傅華出了點事情，也不知道他現在是什麼狀況，便打電話去駐京辦找傅華，結果駐京辦的人說傅華不在，休假了，讓吳雯打傅華的手機找他。

吳雯就撥通了傅華的手機，說：「傅主任，你倒很悠閒啊，還休假去了，比我們這些商人舒服多了。」

傅華笑笑說：「是吳總啊，你回北京了？」

吳雯說：「回來辦點事情，現在事情辦完了，就想找你聊聊。怎麼樣，最近還好嗎？」

傅華回說：「還不錯，每天無所事事，就是玩。」

吳雯笑笑說：「那真是不錯，我也想每天什麼都不幹，只是玩。」

傅華聽了，笑說：「要不你試試？你不在這種狀態中，你不知道這裏面的滋味。」

吳雯笑說：「你不想享受這個假期，可以回來嘛，幹嘛搞得這麼彆扭？」

傅華無奈說：「你以爲我是自己想要休假啊？我是被逼的。你知不知道，我的主任職位被代理了，我現在沒辦法回去。」

吳雯詫異地說：「怎麼回事啊，我聽說你被檢察院帶走了，可是不是很快就沒事了嗎？」

「那邊是沒事了，可是我回來以後，林東代理了我的職位，市裏又不肯給我個說法，就把我晾在這裏了。」傅華說。

吳雯說：「怎麼會這樣？你沒找徐市長嗎？」

傅華說：「我跟他的秘書通過電話，可是徐市長給我個相應不理，我也沒辦法。」

吳雯想了想說：「可能是徐正最近跟孫永鬧衝突，顧不上你了。要不我幫你找機會說說？」

傅華笑笑說：「不是那麼簡單的，算了，我想市裏總會給我一個說法的，我也懶得跟他們去費口舌。」

吳雯說：「那你這樣下去也不是辦法啊？你怎麼打算呢？」

「我也沒什麼打算，別談我了，你說徐正最近跟孫永之間鬧衝突，究竟是怎麼回事啊？」傅華最近很少跟海川市裏的人聯繫，因此對海川市這一政壇最新的動態並不瞭解，也想借此錯開話題，就問道。

吳雯就跟傅華說了徐正和孫永最近發生的一連串衝突，傅華聽完，覺得海川政壇似乎有風雨欲來的感覺，相比起這個來，他的事情實在不算什麼，也就更不想讓吳雯幫他找什麼人的念頭了。

聊完這些，吳雯又告訴傅華她目前在海川的狀況。聽了吳雯的近況，傅華很爲她欣慰，這個女人果然是精明能幹，不但房產和賓館都管理得很好，看來她跟徐正市長的關係也是處得不錯。

閒扯一通之後，吳雯便邀傅華出來吃飯，傅華笑笑拒絕了，說自己下午有事。

吳雯笑說：「你都在休假狀態中了，能有什麼事啊？」

傅華解釋說：「我答應老婆，下午陪她們打高爾夫，不去不行。」

吳雯笑了，說：「呵呵，行啊，我就不強求了。對了，海川那邊有什麼需要幫忙的，就說一聲。」

傅華回說：「吳總，海川市原來是我的地盤啊，有什麼事我自己能搞定的。」

吳雯說：「你這人我太瞭解了，有些太死板了，人際關係上不如我。我想你的事情我能幫你解決的。」

傅華立刻說：「千萬別，我倒很想看看徐正最後會如何處理這件事情。」

傅華是不想在徐正面前低這個頭，他骨子裏是很傲的，絕不是可以任人擺佈的那種人。雖然表面上，他似乎對徐正這麼對他顯得很淡然，內心中其實他是很介意的，要他去求徐正，他是很難接受的。他說想看徐正最後會如何來處理這件事情，這是他真實的想法，他很想知道徐正最後究竟如何收拾這個場面，駐京辦並不是一個隨便什麼人都可以去做領導的地方，想要玩轉北京這些部委，林東還沒這個能力呢。

吳雯便笑笑說：「那好吧，就不耽擱你去討好老婆了。」便掛了電話。

下午，傅華和趙婷去了高爾夫球場，鄭莉和徐筠先到了。

徐筠有一段時間沒在這些朋友的聚會上露面，傅華以爲她還在爲跟董昇的事情情傷呢，今天見到她，看上去感覺氣色還不錯，只是略顯瘦了一點，看來董昇帶給她的傷害已經熬過去了。

趙婷見到徐筠很高興，說：「徐筠姐，最近可是有些日子沒見你了，你還好吧？」

徐筠點點頭，淡然一笑說：「還行吧。」

鄭莉笑說：「是我拉徐筠來的，這傢伙這些日子都沒出來玩，我擔心她在家裏悶壞了。」

徐筠說：「鄭莉你就是瞎擔心，難道沒了董昇，我就不活了？」

見徐筠主動提起董昇，傅華知道她已經可以坦然面對這一切了，便說：「我看徐筠的氣色還不錯，想來董昇出事你已經知道了吧？」

徐筠看了傅華一眼，說：「我當然知道了，不怕跟你說句實話，董昇就是我舉報的。只是不好意思，傅華，沒想到把你也給牽連進來，還害得小婷擔了那麼長時間的心。」

傅華不禁打量了下徐筠，原來這件引起轟動的大案是源於眼前這個女人啊，這可是他想都沒想過的。

聽徐筠這麼說，趙婷的臉色變了，說：「徐筠姐，這件事情原來是你搞出來的，那你怎麼也不跟我們說一聲呢？害得傅華進去被協助調查了十多天，職務都被人家代理了。」

徐筠歉意地看著趙婷說：「小婷，我真的不知道傅華會被牽連進去，加上我當時實在太恨董昇了，也沒考慮太多。對不起。」

趙婷不滿地說：「一句對不起就完了？」

傅華倒是可以理解徐筠這種報復的心情，便看了趙婷一眼，說：「小婷，你不要這樣，你要體諒徐筠的心情，我也沒什麼事，發生這些，她也不想的是吧？」

徐筠說：「傅華，你不用攔小婷，她要罵就讓她罵兩句吧，讓她出出氣也好，這件事情把你們牽連進去，我也該罵。」

鄭莉說：「小婷，你也不要怪徐筠了，大家都是女人，應該可以理解一個女人被男人負心後的心情。」

趙婷情緒緩和了下來，她並不是小肚雞腸的人，再說事情也過了些時日。「算了，原諒你這一次了。」

徐筠過去拉著趙婷的手，說：「小婷，謝謝你肯原諒我，這樣，晚上我請你們兩口子吃大餐，當作賠罪。」

趙婷笑笑說：「不用了徐筠姐，其實換到你的立場，我可能做得更不顧後果，這麼一想，我就沒事了。」

傅華笑說：「喂，小婷，你這是威脅我嗎？」

趙婷瞪了傅華一眼，說：「怎麼了，你不能威脅啊？」

傅華吐了吐舌頭，說：「行，行，怎麼不能威脅啊？我現在失業了，還需要你養活我，當然是你說了算。」

趙婷笑笑說：「不要說得這麼可憐，我讓你去爸爸的公司看看有什麼位置覺得合適，你都不去。」

鄭莉這時說：「話說到這兒，傅華，你已經休息一段時間了，究竟是怎麼打算的？如果真的不想做駐京辦主任了，應該早一點考慮別的出路，一個大男人成天無所事事，不成體統的；你如果還想做回駐京辦主任，我可以跟我爺爺說說，讓他去找你們的省委書記程遠，讓程遠幫你恢復你的職務。相信只要我爺爺出馬，這件事情馬上就解決了。」

傅華搖了搖頭，如果他想用程遠壓服徐正，那他早就去找鄭老了。他笑笑說：「你不要去麻煩鄭老，我自己的事情自己能解決。實話說，那個駐京辦主任我並不是太在乎，我只是現在還沒想好下一步要做什麼。」

徐筠看了看傅華，說：「你如果想好了要做什麼，跟我說一聲，我想我多多少少還是可以幫上一點忙的，也算我對你的一點彌補。」

傅華笑了，說：「我沒事的，徐筠姐。你不要老覺得歉疚，你又不是有意的。」

趙婷說：「對啊，徐筠姐，我剛才只是一時有點生氣而已，傅華又沒真的出什麼事情，你也不要再拿這件事情當回事了。」

徐筠笑笑說：「這是你們夫妻倆大度，我可不能讓這件事情就這麼過去了。」

傅華趕緊說：「真的不需要了。那個董昇實在傷害你太深，你這麼做大家都可以理解。這次董昇怕是要在監獄裡待上幾年了。」

徐筠苦笑了一下，說：「我朋友跟我說，董昇的情節在這個案子裏不是最重的，可能不用十年就會出來了，反而崔波才是最嚴重的，便宜董昇這王八蛋了。」

徐筠臉上還是很明顯的恨意，看來就算董昇身陷囹圄，徐筠仍然覺得沒有十分的解氣。

傅華不用想也知道崔波一定是涉案最嚴重的，其他人基本上都是在圍繞崔波的權力在運作，崔波才是其中的核心，他的權力最大，能夠借用權力帶給別人的利益也是最多的，相應的，他的罪責自然最大。

這就難怪他會那麼在意董昇和徐筠關係的好壞，他肯定知道，如果徐筠要整董昇的話，他是一定會被董昇所牽連的。

徐筠這個女人也確實讓人不敢忽視，愛時就死心塌地對董昇好，恨了就想盡一切辦法要置董昇於死地，女人啊，真是不能隨便招惹。誰會知道這場驚天大案，竟然是徐筠這看上去很柔弱的女子的紅顏一怒呢。

董昇之所以會有今天這個下場，除了自作孽之外，實在也是與他過於輕視女人有關。如果他當初會想到徐筠能送他進監獄，估計打死他也不會對徐筠這樣的。

不過，董昇和崔波並不是這件事情中最慘的，目前看來，這件事情最慘的還是百合集團的高豐，高豐也是被牽連進來的，據現在被報導出來的消息顯示，高豐這次涉及到了挪用資金、假註冊、操縱股市等一連串罪名，預估高豐很可能被判刑十五年以上，甚至無期徒刑。

人生的際遇還真是無常，想當初，傅華就是在這個球場跟高豐談起了海通客車，後來將高豐引去海川市。那時候的高豐是多麼趾高氣昂啊，現在淪爲階下囚，不知道是否還會那麼不可一世？真是此一時彼一時啊。

傅華這幾天也不禁在想，當初如果他不將高豐領去海川，高豐是不是就不會有這樣的下場了呢？

這時，章鳳匆忙趕了過來，陪笑著說：「不好意思，我來晚了，酒店有點事情耽擱了。咦，徐筠姐，你也來了。」

徐筠點了點頭，說：「章鳳你也來了。」

章鳳也有些日子沒見過徐筠了，就湊過去跟徐筠聊天，傅華在一旁有些不耐煩了，催說：「真受不了你們這些女人，你們是來打球還是來聊天的，邊打邊聊不好嗎？」

章鳳笑笑說：「傅華不耐煩了，我們下場吧。」

幾個人就開始打球，徐筠有些日子沒來了，就先發球。

正好傅華站在章鳳身邊，便問道：「章總，林東最近還找過你嗎？」

章鳳說：「找過，還是來說什麼他要當董事長的事情，被我直接回絕了，我說傅主任現在回來了，他就是海川大廈的董事長，現在又沒有法定的改選董事長的理由，就更沒改選董事長的必要了。」

傅華心想，這個章鳳確實是一個不好對付的角色，林東想跟她鬥還不是對手呢，他說：「林東肯定氣壞了吧？」

章鳳點點頭，說：「氣壞了也是活該，他以爲董事長是那麼好當的啊？我對他也很不客氣，他打著駐京辦旗號找到酒店來的一些事情都讓我給推了，說這些事情需要請示董事長，你去找董事長批准吧，讓他去找你。你沒看他當時那個樣子，嘴都氣歪了。」

傅華呵呵笑了起來，心說章鳳確實是夠壞的了，讓林東來找自己，目前這個狀態估計林東躲自己都來不及了，還會來找自己？

不過，傅華有些擔心會誤了駐京辦的正事，便說道：「不過章總，駐京辦有些事情，該辦的還是要辦的。」

章鳳指著傅華搖搖頭，說：「你這個人哪，我這是爲你出氣知道嗎？」

傅華說：「誤了工作就不好了。」

章鳳無奈說：「真是拿你沒辦法，你不用擔心，我分得清輕重的，我推回去的都是林東打著駐京辦旗號的他自己的事情，真正你們駐京辦需要辦的事我都給他辦了。」

傅華笑笑說：「那是我多擔心了。」

一旁的趙婷這時看了傅華一眼，說：「老公，駐京辦這些事你還問它幹什麼，你是不是還想著回駐京辦啊？」

傅華的眼神躲閃開了，說：「哪有，我才不想呢，只是隨便問問而已。」

趙婷冷笑了一聲，說：「你別口不應心了，你看章鳳一來，你馬上就去問她駐京辦的情況，你這不是不放心駐京辦是什麼？」

傅華有些不高興了，說：「小婷啊，你真夠囉嗦的，我不跟你說我只是隨便問問嗎，難道我以後提提駐京辦都不行了嗎？」

趙婷說：「你如果真的不在乎了，根本就不會問。」

傅華說：「好啦，好啦，不說廢話了，我要去打球了。」說完，便匆匆走去發球去了。

趙婷看著傅華的背影，嘆了口氣說：「這傢伙，人家都這樣對他了，他還是放不下駐京辦。」

章鳳笑笑說：「小婷，你就別怪傅華了，海川大廈是傅華從無到有一手創建起來的，每一個細節他都參與過，就好像他的孩子一樣，你想讓他一下子就放下來，哪裡會這麼容易？」

趙婷說：「他這種心情我可以理解，可是海川大廈畢竟不是他個人的，他就是再在乎也沒用，海川市政府那些人可是憋著勁想趕他走呢。」

章鳳嘆了口氣，說：「這也是沒辦法的事，我想傅華過了這段時間就會沒事了。」

趙婷也嘆了一口氣，說：「但願吧。」

在接下來的時間裏，傅華都是滿臉嚴肅的在打球，而且刻意離章鳳遠遠的，似乎想用跟章鳳拉開距離來表示他跟駐京辦已經沒有了關係一樣。

打完球，徐筠堅持要請眾人吃飯，傅華和趙婷知道她這是有賠罪的意思，如果不去吃這頓飯，徐筠一定會更不好意思，略微推辭了幾句，就接受了下來。

晚宴很豐盛，徐筠點了幾個酒店最貴的菜，幾個女人吃得很高興，也聊得很高興，只有傅華有些落寞，一來其他人都是女人，只有他一個男人，他很難融入女人的話題中；二來，他最近的心情確實也無法用愉快來形容。

傅華是一個務實的人，整天忙忙碌碌不但不會讓他煩，反而樂在其中，現在整天閒著，除了玩就是玩，真的不適合他。在這一點上，他就很佩服趙婷，趙婷每天無所事事，除了逛街就是玩樂，偏偏每天都是樂呵呵的。

中組部一位負責人到了東海省，在領導幹部大會上宣布了中央關於調整東海省主要領導職務的決定：郭奎任東海省省委書記；程遠不再擔任東海省省委書記、常委、委員職務，另有任用。

中組部的負責人在會議上說，這次東海省省委主要領導同志的變動，是中央根據工作需要，通盤考慮、慎重研究決定的。在程遠同志領導東海省工作期間，是東海省歷史上發展最快的時期之一，爲實施國家規劃和加快推進全面建設小康社會進程，奠定了良好的基礎。這其中，凝聚了程遠同志的心血和汗水，是與程遠同志的辛勤工作分不開的。

在肯定了程遠的工作成績之後，中組部的負責同志說：

「郭奎同志政治堅定，有很高的政策理論水準，注意結合東海實際，認真貫徹執行黨的路線、方針和政策，自覺與黨中央保持高度一致。擔任省長後，貫徹落實科學發展觀的要求，認真執行國家宏觀調控政策，按照省委的部署，重點抓項目建設和國有企業改革，保持了東海省經濟持續穩定協調發展。……」

在中組部負責同志講完話之後，程遠也講了話，表示這次調整比他預期的來得早了一點，不過他也明白，職務的更替是勢在必行的，因此完全擁護中央的決定，服從中央對他的工作安排。程遠深情地說：

「我和東海的百姓產生了深厚的感情，和東海的幹部產生了深厚的感情，和東海的一草一木產生了深厚的感情，同廣大幹部群眾相處的十分融洽，工作上省心、順心、放心。我非常留戀這裏的工作氛圍，今天要離開，真是有些戀戀不捨。」

隨即郭奎講了話，表示完全擁護中央的決定，衷心感謝黨中央對他的信任，感謝同志們和廣大幹部群眾對他的厚愛。他也肯定了程遠在東海省期間的工作成績，表示一定在這大好基礎上，帶領東海省人民更上一層樓。

送走了中組部負責同志之後，程遠在和郭奎辦理交接手續時，談起了海川市市委書記和市長之間的矛盾問題。

程遠說：「老郭啊，關於海川市的領導班子問題，我想跟你談一下。前段時間，孫永和徐正鬧矛盾鬧到了我這裏……」

程遠就將經過說了一遍，然後說：「這件事情原本我想再過些日子跟你談的，現在這次中央調整了我的工作，所以我必須跟你交代一下。」

郭奎跟程遠搭檔期間，兩人一直配合得十分默契，這次順利接任省委書記，程遠對他也是臂助不少，因此他對程遠是很尊重的。

郭奎笑問：「程書記您是什麼意思？」

程遠說：「我覺得這兩個人的矛盾很難調和，海川市是東海的工業重鎮，如果任由他們這樣下去，肯定會影響海川市的經濟發展的。現在是你主政東海，要怎麼做就看你的了，我就不好再參與意見了。」

程遠的話說得很有分寸，對郭奎給予了應有的尊重。郭奎便笑說：

「程書記，您這麼說就見外了，您就算不在東海省任職了，也是我的老領導，給我點參考意見吧？」

程遠笑笑說：「你真的想聽我的意見？那你先告訴我，你對這兩個人是怎麼看的？」

郭奎想了想說：「孫永這個人，我感覺規規矩矩的，是一個保守型的人物，但開拓性不足；至於徐正，我覺得這個人還是能做點事情的，到海川市擔任市長後，他也做出了一些成績。」

程遠看了郭奎一眼，問道：「你的意思是，想調走孫永，留任徐正？」

郭奎點了點頭，說：「我是這麼想的。」

程遠搖搖頭說：「老郭，你這是從省長角度的做法，而不是一個省委書記的做法啊。」

郭奎看了看程遠，問道：「程書記，你認爲我這麼做不妥當？」

程遠說：「是有些不妥當，省委書記和省長的任職視角是不同的，省長主要目標是發展經濟，而省委書記則要著眼全局，不光是從經濟角度去考慮問題。而省委書記要掌控全局，最重要的是要用好幹部。要用好幹部，就要做到不偏不倚，公正公平。你想過沒有，你這樣做，會給其他幹部造成一種什麼印象？」

郭奎馬上就明白了程遠的意思了，徐正是他當初提議接任海川市市長的，在東海省幹部眼中，是他的人馬。孫永這些年則是比較緊靠程遠，他調走孫永，留任徐正，肯定會給東海省其他幹部留下一種護短或者培養自己勢力的印象，好像程遠一走，他就著手打擊程遠現有的勢力一樣。

郭奎知道，這些年雖然他和程遠關係相當不錯，兩人算是合作愉快，可是私底下，很多幹部還是會去區分誰是程遠的人，誰是郭奎的人，這種拉幫結派的想法似乎根深蒂固，並不因爲郭奎和程遠相處得很好就會消除。他如果動了孫永，肯定會讓那些自以爲是程遠一派的人不安，必然會對他產生一種一朝天子一朝臣的排斥情緒。這對郭奎來說可是不能接受的。

郭奎笑笑說：「程書記，您的意思是說我這麼做有失公平？」

程遠點了點頭，說：「這件事情孫永和徐正可能各自都有不對的地方，但是擺在臺面上，孫永是占理的，並且他是市委書記，徐正本應對他給予相應的尊重。你將孫永調開，一來會讓別人認爲你處事不公，二來，你這麼做，豈不是在鼓勵市長跟市委書記對抗嗎？」

郭奎說：「我明白了。」

程遠說：「老郭啊，有時候看人不僅僅看他是不是有能力，據我觀察，徐正這個同志有能力不假，可是有些剛愎自用、多疑、氣量偏狹，他勉強算得上是一個將才，卻不是帥才，今後你要用這個人的時候，要多注意他這些弱點，要揚長避短。」

郭奎回說：「我會認真考慮一下如何使用徐正這個同志的。」

程遠和郭奎交接完不久，程遠便到全國人大去任職了。郭奎全面接管了東海省的工作，他開始著手考慮調整海川市的領導班子。

雖然他很認可程遠說的那些道理，可是他對徐正的印象也是很不錯的，要選擇一個能夠安排好徐正的位置不是很容易，讓他很費了一番腦筋。

正當郭奎爲此犯難的時候，一個意外事件發生了，有人替他解決了這個難題。

中紀委接到了一封署名王妍的檢舉信，檢舉海川市市委書記孫永受賄，信裏面附有孫永收受王妍賄賂的錄影，可謂證據確鑿，中紀委將檢舉信批覆到了東海省，要東海省嚴肅查辦，東海省檢察院隨即依法對孫永採取了強制措施。

原本孫永已經聽說省裏面有意要將徐正調離海川，心裏還在為總算送走這尊瘟神而慶幸呢，他滿以為送走了這尊瘟神，他的大好前途就不遠了，哪裡想到風雲突變，反被省檢察院反貪局直接宣布刑事拘留。

在審訊室裏，孫永開始還強作鎮靜，一再為自己分辯，說自己一向勤勤懇懇為黨工作，不貪不占，不知道檢察院怎麼會說他受賄？檢察官看孫永這麼抵賴，只好用王妍這個名字來提醒他。

孫永聽到王妍這個久違的名字，已經有些淡忘的事，又清晰的浮現在腦海裏，他驚訝的叫了起來，問檢察官：

「你們抓到王妍了？你們可不要相信那個女人的胡說八道，我根本就沒拿她任何錢財，是她騙了吳雯的錢逃走的，不關我的事情。」

檢察官笑笑，也不說抓沒抓到王妍，就讓孫永心裏懸著，只是說：「你怎麼知道王妍一定會說你拿了她的錢財？」

孫永心裏七上八下的，如果王妍被抓到了，肯定會將他受賄的事情交代出來，不過他估計事情已經過去這麼長時間，如果王妍手中有證據，她早就應該將自己檢舉出來的，之所以這麼久一直沒有什麼動作，就是她拿不出什麼證據來，乾脆否認到底，便說：「我只是這麼覺得，當初這個女人求我幫她，我看她要辦的事情是違法的，就堅決拒絕了，這個女人就懷恨在心，說要去告我。現在被抓了，肯定想借誣告我來脫身。我可真的沒拿她的錢啊，你們要相信我。」

檢察官搖了搖頭，說：「孫永，我還是第一次見到像你這麼無賴的官員，你說有的人吧，收了別人的賄賂，事情辦不成，就老老實實把賄款給人退回去，雖然這種行爲也是違法的，可總算是盜亦有道，哪像你沒辦事不說，還抵賴收了賄賂，你可真夠黑的。」

孫永說：「檢察官同志，你不要這麼說，我真的沒拿她什麼賄賂。」

檢察官笑笑說：「孫永，你不要以爲自己聰明，你想沒想過，王妍送你那麼多錢，能不想法留點把柄嗎？再說，爲什麼你會直接被拘留，如果我們沒有一定的證據，又怎麼會對你這樣層級的市委書記採取強制措施呢？你好好想想吧，別自作聰明了，早點坦白還能爭取減刑。」

孫永還以爲檢察官是在對他心理戰術，鐵了心就是不承認，最後檢察官見他有頑抗到底的趨勢，就把錄影放了出來。

孫永一看錄影中出現王妍辦公室的影像，心裏便一下子明白檢察官爲什麼抓他了，原來當初王妍爲了防他一手，特別將整個行賄過程錄了下來。這個臭女人，真是被她害死了！

孫永再也扛不住了，癱軟在地上，連聲說：「我坦白，我坦白。」

孫永老實說出了自己受賄的經過，到這個時候，他已經徹底崩潰，不但供出王妍行賄的情節，還講了曲煒的前秘書、現在的海西縣副縣長余波向他行賄買官的事情。

余波隨即被雙規，很快就坦承了自己向孫永行賄的經過。

公平的說，余波到海西縣擔任副縣長，做得還是不錯的，他在海西縣執行的幾個項目，都做得有聲有色，在海西縣風評不錯。此次被孫永牽連，仕途算是徹底終結了，不少人為他感到惋惜，嘆惜他的才華沒有用到正當的地方去。

孫永和余波先後被捕，等待他們的，將是法律的嚴懲。孫永待在看守所裏，懊惱之餘，不禁又想起大師王畚給他寫的那個「正」字來了，他認為自己就是沒有能夠將徐正早日從身邊趕走，才會有今天這一場這麼大的禍事。大師還真是靈驗啊。

孫永的被捕，讓省委書記、省長郭奎不需要再去考慮如何將徐正調離海川的問題了，現在要考慮的是，由誰來接替孫永市委書記的位置。

由於程遠對徐正有剛愎自用、多疑、氣量偏狹、不是帥才的種種負面評價，郭奎首先就將他排除在繼任人選之外。

權衡再三，郭奎選擇了海川市市委副書記張琳。張琳任職副書記已經有一段時間了，對海川市的情況很熟悉，由他來擔任市委書記是很合適的。於是郭奎向省委建議由張琳接任海川市市委書記。

經過一番人事程序，張琳被正式任命爲海川市市委書記。

幾乎在不經意之間，東海省和海川市的政治格局就有了很大的變化。但這一切似乎與遠在北京的傅華毫不相關，而且因爲忙於政局變動，領導們都在爲自己奔走，就更沒有人來理會傅華的復職問題了，他幾乎被海川市的領導們淡忘了。

請續看《官商鬥法》七 仇富情緒

官商鬥法 六 風雲突變

作者：姜遠方
發行人：陳曉林
出版所：風雲時代出版股份有限公司
地址：105台北市民生東路五段178號7樓之3
風雲書網：http://www.eastbooks.com.tw
官方部落格：http://eastbooks.pixnet.net/blog
Facebook：http://www.facebook.com/h7560949
信箱：h7560949@ms15.hinet.net
郵撥帳號：12043291
服務專線：(02)27560949
傳真專線：(02)27653799
執行主編：朱墨菲
美術編輯：風雲時代編輯小組

法律顧問：永然法律事務所 李永然律師
北辰著作權事務所 蕭雄淋律師

版權授權：蔡雷平
初版日期：2015年7月
初版二刷：2015年7月20日
ISBN：978-986-352-150-1

總經銷：成信文化事業股份有限公司
地　址：新北市新店區中正路四維巷二弄2號4樓
電　話：(02)2219-2080

行政院新聞局局版台業字第3595號 營利事業統一編號22759935

定價：280元　特惠價：199元

國家圖書館出版品預行編目資料

官商鬥法／姜遠方 著. -- 初版. -- 臺北市：
風雲時代，2015.01 -- 冊；公分

ISBN 978-986-352-150-1（第6冊；平裝）

857.7　　103027825